おねがいツインズ

一人と二人 1

雑破 業

イラスト／羽音たらく&合田浩章

原作／Please！

contents

おねがい*ツインズ

1

一人と二人

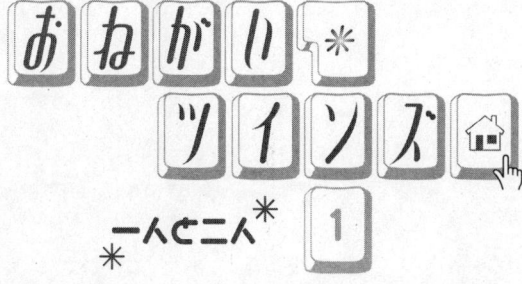

カバー&本文イラスト：羽音たらく
口絵イラスト：合田浩章
カバー仕上げ&背景：凹 雷華
デザイン：荻窪裕司（bee's knees）

第1章　一人と一人と一人

　夢を、見ていた……のか？

　ベッドの上で仰向《あおむ》けになった神城《かみしろ》麻郁《まいく》は、目元を隠していた腕をゆっくりとどけた。まぶたを通して、蛍光灯の白い光が目に刺さる。麻郁は不機嫌そうに顔をしかめると、ごろりと身体《からだ》を反転させた。うつ伏せになって、顔を枕《まくら》に押しつけると、そこに染みついた自分の髪《かみ》の脂《あぶら》の匂《にお》いが鼻腔《びこう》を満たす。

　また、やっちまった……。

　ぼんやりとした頭の中に、軽いしくじりに対する後悔の念がひろがってゆく。仕事の合間に少し休憩《きゅうけい》するつもりでベッドで横になったら、そのまま寝入ってしまったようだ。

　畜生《ちくしょう》、締め切り近いってのに……。

　麻郁の仕事はコンピューターソフトのプログラミング。大手企業から発注を受けた中小のソフトハウスから、さらに仕事をまわしてもらっている個人営業の下請《したう》けプログラマーだ。その仕事で生活費のすべてを稼《かせ》ぎ出しているにもかかわらず、麻郁にとって、それはあくまで副業だった。本業は学生。つまり、今の身分を一口で言えば、「感心な苦学生」というわけだ。

Tシャツにジャージという格好の麻郁《まいく》は、眠りの淵《ふち》に片足を突っ込んだまま、スリムな肢体をベッドに横たえていた。肩から首筋にかけて澱《よど》んだ重い疲労のせいで、すぐに起きあがる気にはなれない。やはり、学業と夜遅くまでの仕事の両立は、十代なかばの若い肉体にすら負担が大きいようだ。

さっきまで夢を見ていたような気がする。なにか、とても大事な夢を——。

頭の中で、麻郁は夢の残滓《ざんし》に手をのばし、それらを掻《か》き集めようとした。しかし、不定型な記憶は濁《にご》った水の中を泳ぐ小魚のように、姿を見極める間もなく、意識の隙間《すきま》からするりと逃げ去ってしまう。

ああ……。

淡い喪失感が刺激になったのか、麻郁は不意にはっきりと目を覚ました。それと同時に、ひとつの疑問が頭に浮かぶ。

今、何時だ？

蛍光灯が点《つ》いていたのでわからなかったが、窓を覆《おお》ったカーテンの向こうはすでに明るくなっていた。嫌な予感に苛《さいな》まれつつ、枕元《まくらもと》で文字盤《もじばん》を下にして転がっていた目覚まし時計をひっつかむ。

「ヤベッ！」

時計の針がアラームが鳴るようセットした時刻を、すでにまわっているのを見た途端、思わず大きな声が出た。一時間ばかりウトウトしただけのつもりだったが、実際は朝までぐっすり眠ってしまったようだ。

「なんで、鳴らねぇんだよ？」

スプリングを軋《きし》ませてベッドから飛び起きると、麻郁は腹立たしげなつぶやきを奥歯で嚙《か》みつぶした。スイッチがオフになっていたのだから、アラームが鳴らないのは当然だ。まだ寝るつもりはなかったので、昨晩、ベッドに倒れ込んだときには目覚ましをセットしておかなかったのだ。

フローリングというよりは板張りといったほうがしっくりとくる床におりると、麻郁は窓のカーテンを引き開けた。つづいてサッシを大きく開けると、八畳相当の洋間に朝の爽《さわ》やかな空気が入ってくる。のびをしながら深呼吸でもしたいところだが、今はそうもしていられない。あくびを嚙み殺しながら、ベッドが置かれているのとは反対の壁際《かべぎわ》に配置されたコンピューターデスクの前に行く。麻郁は立ったままマウスを操作して必要なデータをセーブすると、自分で組んだパソコンの電源を落とした。ファクス機能のついた電話機を載せたチェストと洋服ダンスに挟まれた引き戸を開けて廊下に出ると、目の前にある階段をドタドタと足音をたてて駆けおりる。親がいたら、うるさいと叱《しか》られるかも知れないが、ひとり暮らしなのでそんな気遣いは無用だ。

階段はあがり口の手前で直角に折れ曲がっていて、下までおりると、それまで左側にあった壁《かべ》に背中を向けることになる。おりたところは玄関で、左手の壁にはダイニングへとつづく引き戸があり、右手は平らな石を敷《し》き詰めて隙間《すきま》をセメントで固めた三和土《たたき》になっていた。玄関を突っ切って正面に進むと、左右にのびる廊下がある。そこに出て、すぐ目の前にあるのが茶の間、左に折れて進んだ突き当たりがトイレだ。そこへ行くまでの廊下はさして長くはないが、右側には茶の間と隣り合った和室の障子《しょうじ》が、左側にはダイニングへと通じるガラスの嵌《はま》った引き戸があった。つまり、ダイニングには玄関のほうからと合わせて出入り口がふたつ——いや、キッチンシンクの横にある勝手口も含めれば、都合、三つあることになる。

麻郁《まいく》は廊下を突き当たりまで進むと、トイレの手前で右へと折れた。開けっ放しのアコーディオンカーテンをくぐって、洗面所に入る。洗面台の前に立つと、正面の鏡に疲れをにじませた顔が映し出された。寝起きのため、少しまぶたが腫《は》れぼったいが、全体的に肉づきの薄《うす》いすっきりとした顔立ちは、同い年の少年たちより幾分大人びて見える。短めにカットしたせいで、ただでさえ固めの髪は、いっそうおさまりが悪くなっていた。眉《まゆ》は細く、ちょっと目元に険があり、それが、黙っていられると気軽に話しかけにくい雰囲気を醸《かも》し出している。だが、そうした諸々《もろもろ》のもの以上に彼の顔を特徴づけているのは、よく晴れた空の色を映し込んだような青い瞳《ひとみ》だった。鏡に映った自分の顔を見るたびに、麻郁はこう思う。俺《おれ》は、両親のどちらに似ているんだろうか?……と。

捨て子だった麻郁は両親の顔を知らなかった。考えても詮《せん》ないことだと知りつつも、麻郁は時折、自分が父親似か母親似か、疑問に思うことがある。だが、その問い掛けは、常に自分が自分の両親についてなにも知らないことを確認するだけの結果に終わった。

どれだけ時間をかけても答えの出ない問い――しかし、それは、そうとわかっていながらも、繰《く》り返《かえ》さずにはいられないものだった。しかし、今はそんな無駄な問い掛けを自分に向けて発している場合ではない。さいわいにも、どうあがいても始業時間に間に合わないほど寝過ごしてしまったわけではないが、のんびりはしていられないのが現状だ。麻郁は、つまらない想いをぬぐい去ろうとするように、勢いよくほとばしらせた水で顔を洗った。洗顔をすませると、前髪からしずくをしたたらせながらダイニングへと向かう。

朝飯、どうすっかな？

時間がないので、パンを焼いて、目玉焼きを作って、コーヒーを淹《い》れて……とはいかない。だが、今、なにか腹に入れておかなければ、三時限目がはじまる頃《ころ》には、空腹でつらい思いをすることになるだろう。麻郁は食卓の上に放り出してあった食パンの袋から中身を一枚取り出すと、壁際に置いた冷蔵庫の前にしゃがみ込んだ。冷蔵庫の中から出したスライスチーズを食パンに載せ、その上にチューブから絞り出したマヨネーズで円を描く。それを二つ折りにして頬《ほお》ばると、なんとなくサンドイッチを食べているような気になった。時間を気にしながら、似《え》非《せ》サンドイッチを口にねじ込むと、開けっ放しの冷蔵庫から手に取ったペットボトルのキャップをはずして、飲み口に口をつける。1・5リットル入りのペットボトルは、ウーロン茶のラベルをプリントしたフィルムに覆《おお》われているが、中は作り置きの麦茶だ。

よく冷えた麦茶で口の中のものを胃へ流し込むと、麻郁《まいく》はペットボトルを冷蔵庫にしまってダイニングをあとにした。二階の自分の部屋へとあがり、手早く着替えをすます。半袖《はんそで》の開襟《かいきん》シャツに黒いスラックスという、今年の春から通っている高校の制服姿になった麻郁は、空気を入れ換えるため開け放してあった窓を閉めると、それと背丈ほどもあるCDラックのあいだに飾られた写真に目をやった。段ボールをくり抜いて作った手製の額に収められたそれには、水遊びをするふたりの幼児が並んで映っている。ふたりとも、ようやく自分の足で立つことができるようになった年頃《としごろ》で、水を満たした円形のビニールプールの中に入っていた。ふたりとも素っ裸で、剝《む》き出《だ》しの股間《こかん》の形状の違いから、男女のペアであることがわかる。影《かげ》の濃《こ》さから見て、日射《ひざ》しの強い日のようで、水遊びには絶好の日和《ひより》だったろう。冷たい水が気持ちいいのか、男のコも女のコもご機嫌《きげん》で、満面の笑みを浮かべている。もしかすると、夏を迎えるのも水遊びをするのも、このときが初めてだったのかもしれない。子供たちの背後にはふたりの住まう家なのか、二階建ての一軒家が写っていた。

この写真は幼い頃、親に捨てられた麻郁が、唯一、持たされていたものだった。写真の中の子供たちは、どちらも青い目――麻郁と同じ瞳《ひとみ》の色をしていた。つまり、順当に考えれば、写真に写っている男のコは麻郁、そして、もうひとりは、おそらく彼と血のつながりを持つ者

――姉か妹ということになる。

おっと……。

いつの間にか、写真をじっと見つめていた麻郁は、こんなことをしてはいられないと、手当たり次第に教科書やノートを詰め込んだバックパックをひっつかんで、部屋を飛び出した。足音荒く階段をおり、玄関で汚れた皮靴に足を突っ込む。踵《かかと》を押し込むため、皮靴の爪先《つまさき》を三和土《たたき》に打ちつけながらガタつく引き戸を開けると、狭いポーチの端には型の古いスクーターが停められていた。未舗装《みほそう》の道を走ることが多いせいか、泥除《どろよ》けは汚れ、タイヤの溝にも土が詰まっている。玄関の鍵《かぎ》を閉め、バックパックを背負うと、麻郁はスクーターのシートの下からヘルメットを取り出した。当然ながら、バイクでの通学は校則で禁止されている。見つかると、悪くすると停学だ。だが、すでに今月に入って三回も遅刻している身としては、背に腹は代えられない。

家の前には狭い庭があり、背の低い茂みが、それと、その向こうに広がる畑とを区切っている。左手には大きな湖がひろがっていて、そちらから吹く風が心地よい。右手には舗装された道路がわずかに蛇行しながら、湖の縁《ふち》と平行に長々とのびている。その道は麻郁の家が建っているのより一段高いところを通っていて、そこへ行くには、舗装されていない傾斜の緩《ゆる》い坂道をのぼらねばならない。スクーターに跨《また》がった麻郁は軽快なエンジン音を響《ひび》かせながら、そこに乗り入れて行った。坂道をのぼりきって、舗装された道路に合流したところでチラリと自分の家に目をやる。すると、そこには、自室に飾ってあった写真に写っていたのと同じ家があった。

麻郁《まいく》がこの家の存在に気づいたのは、テレビのニュースがきっかけだった。今からおよそ二年前、このあたりでUFO騒《さわ》ぎがあった。夜、湖の上を巨大な光るものが飛んでいたのを見たという住民が多数現れたのだ。ちょうど他に大きな事件がなかったこともあり、そのニュースは電波に乗って全国に流された。麻郁がそれをテレビで見たのは、まったくの偶然だった。当時、施設から東京の中学に通っていた少年は、都心近くの電器店街をぶらついていたとき、店頭のテレビに映し出されたニュースを見て足を止めた。それは、ニュースの内容に気を引かれたからではない。マイクを握ってせわしなくしゃべる女性レポーターの背後に映っていた風景に目を吸い寄せられたからだ。咄嗟《とっさ》には麻郁自身にも、なぜ自分が、なんの変哲もないその映像に、こんなにも心惹《ひ》かれるのかわからなかった。しかし、レポーターのうしろに建つ一軒家に目の焦点が合った途端、謎《なぞ》が解けた。

あれは……あの家は……。

まさか、という思いが確信に変わるのに、さして時間は掛からなかった。

間違いない。あれは写真の家だ。写真に写っていた、俺《おれ》の家だ——。

その日、麻郁は施設に戻ると、ニュースで得たわずかな情報を元にインターネットを使って、UFO騒動のあった湖の場所を調べた。そして、休日を利用してそこを訪れ、半日を費やし、ついに写真に写っていた家を探し当てることに成功した。残念ながら、家の持ち主は何度か変わっていて、その線から自分の素性をたどることはできなかった。しかし、その家はずっと前から貸家になっていて、今の持ち主に問い合わせてみると、辺鄙《へんぴ》な場所にあるためか、家賃が格安なのに長いあいだ借り手がなく、もし、借りる気があるなら大歓迎《だいかんげい》ということだった。そのときから、麻郁には、あの家に——写真の家に住むことが、目の前の目標となった。だが、そのためには、まず自立し、拾われたときから世話になっている施設を出なければならない。

麻郁は元々興味のあったコンピューター関係の勉強をし、中学に通う傍ら、乏しいつてを頼ってプログラミングのアルバイトをはじめた。好きこそものの上手《じょうず》なれ、というやつか、麻郁はめきめきと腕をあげ、中学の三年になる頃《ころ》には、つながりのできた小さなソフトハウスから、名指しで助《すけ》っ人《と》を頼《たの》まれるまでになっていた。さらにはシェアウエアとして発表したプログラムが、小さいながらもソフトウェア業界ではそれなりに名の通った企業の目に留まり、そこから製品として正式に発売されたことにより、わずかながらも印税が入ってくるようになった。

そうやって、いささか危なっかしいながらも収入の道を得た麻郁は、中学を卒業すると同時に施設を出て、湖のそばの一軒家に移り住んだ。高校は、そこの近くの県立高校に奨学生として入学し、この春から、昼は学校、夜はプログラマーの仕事と、二足の草鞋《わらじ》をはいた生活がはじまった。そして、二ヶ月——敷金《しききん》、礼金、老朽化した建物のリフォーム代、中古で揃《そろ》えた家財道具の代金と、中学時代にアルバイトをして貯《た》めた資金はあっという間に底をつき、今は毎月の生活費を稼《かせ》ぐことに汲々《きゅうきゅう》とする毎日だ。

本当なら、高校を卒業するまで施設にいることはできたし、そうしていれば、わずかな金のために一晩中パソコンのディスプレイと向き合ってキーボードを叩《たた》き、翌朝、眠い目をこすって学校に行くというような生活はしなくてすんだはずだ。幼い頃《ころ》、自分が家族と暮らしていた（はずの）家に住みたい――そんな、感傷的な気持ちを満足させるためだけに、わざわざこんな苦労をしているなんて、はたから見れば馬鹿《ばか》げているだろう。だが、麻郁《まいく》はそんな自分の選択を後悔してはいなかった。ただ、その一方で、なにかが違うと感じてもいた。記憶《きおく》にすら残っていないが、確実にいたはずの家族と自分をつなぐものとして、幼い頃から心の拠《よ》り所《どころ》にしていた、たった一枚の写真。そこに写っていた家に、ようやく戻ってくることができたというのに、いざ住んでみると、それは、出掛けるときに「いってらっしゃい」と見送ってくれるひとも、帰ってきたときに「おかえり」と迎えてくれるひともいない場所だった。ひとり暮らしをするには広すぎる一軒家は、いつもがらんとしていた。まるで、そこに住む者の心の中を映し出しているかのように――。

スクーターに乗った麻郁は、今は誰《だれ》もいない自分の家の前を通り過ぎると、湖岸沿いの道路を軽快に飛ばしてゆく。右手に見える湖が朝の光を反射して、砕《くだ》けた鏡のようにきらめいた。道の両側は田んぼと畑。その中に、時折、思い出したようにぽつぽつと家が建っている。どの家にも、ガレージか車を置くためのスペースがあり、それが、このあたりがエンジンのついた乗り物なしには、ひどく暮らしにくい場所であることを物語っていた。空気はきれいで、とりわけ今朝《けさ》は、梅雨《つゆ》時とは思えないほど空が澄《す》み渡《わた》っている。邪魔《じやま》な対向車もなく、自分専用の道路を走っている気分だ。もし、これが、迫りくる始業時間にせかされてのことでなかったから、鼻歌のひとつも出たかもしれない。

脇道《わきみち》に入り、幾度か角を曲がると、ローカル線の線路と平行に走る道に出た。しばらくのあいだ、のんびりと走る二両編成の電車と競争する格好になる。型の古い車両の中には、麻郁が通っているのと同じ高校へ向かう生徒たちの姿が、窓からちらほら見えた。こちらから向こうが見えるということは、向こうからもこちらが見えているに違いない。まさか、名指しで告げ口されるとは思わないが、同じ学校の生徒に、こうしてスクーターに乗って登校しているところを見られるのは、どちらかと言えば避《さ》けたいことだ。そうした麻郁の気持ちを汲《く》むように、道はゆるやかにカーブして、線路からそれてゆく。このまま道なりに行けば、学校の正門の前を横切る通りに出る。だが、いくら急いでいるとは言え、正門前にスクーターで乗りつけるわけにはいかない。少し遠まわりになるが、途中で折れて、学校の裏へとまわり、どこか目立たないところにスクーターを停《と》めなければならない。麻郁は腕時計に一瞬《いっしゅん》目をやって、時刻を確かめた。余分に掛かる時間を考えても、なんとかギリギリ間に合いそうだ。

ほどなくして、前方に四つ辻《つじ》が見えてきた。道の両側は畑で、農具でも収めてあるのか、左手の手前の角に粗末な造りの小屋がある。未舗装《みほそう》のあぜ道を土ぼこりをあげて走っていたスクーターが四つ辻《つじ》に差しかかろうとしたとき、突然、左手から飛んできた白いものが行く手を横切った。そのあとを追って、小屋の陰から人影《ひとかげ》が飛び出してくる。

「おわッ！」

叫ぶと同時に急ブレーキをかけた麻郁《まいく》が、ハンドルを大きく右に切る。スクーターは狭い道をそれると、畑の柔らかい土に前輪をめり込ませて止まった。最初に行く手を横切ったものに比べて、あとから出てきた人影の動きが、どこかもたもたしていたからよかったものの、もしそうでなければ、接触事故を起こしていたかもしれない。

「アブネーだろッ！」

振り向きざま、道の真ん中で尻餅《しりもち》をついている相手を怒鳴りつける。ビクッと首をすくめたのは、麻郁と同じ年頃《としごろ》の少女だった。半袖のブラウスと茶色のベストに裾の長いスカートを合わせ、柔らかそうな髪を背中までのばしている。少女は飼い主に手をあげられた仔犬《こいぬ》のように身を堅くして、

「すッ、すみません」

「すみませんで、すむか！　危うくはねちまうとこだったんだぞ」

そう言うと、改めて、さっきのきわどい状況が思い出され、今さらながらうなじがそそけ立つ。びっくりして腰が抜けたのか、少女は地面にへたり込んだまま、

「あの、ほんとにすみません。帽子が飛ばされて、それで、わたし……」

「帽子？」

麻都は少女の視線が自分の顔にではなく、スクーターの前輪あたりに向けられているのに気付くと、そちらに目を落とした。

「あ……」

リボンのついたつばの広い帽子がタイヤの下敷きになっている。どうやら、少女は風で飛ばされたこの帽子をつかまえようと、道に飛び出してきたものらしい。麻都はあわててスクーターをバックさせると、それから降りてスタンドを立てた。タイヤに踏《ふ》まれてひしゃげた帽子を拾うと、形を整えながら汚れたところをはたいてみたが、その程度ではタイヤの跡は取れそうにない。

別に自分が悪いわけじゃない——飛んできた帽子を轢《ひ》いてしまったのは不可抗力だ。むしろ、咄嗟《とっさ》の判断で接触事故を避けたことだけでも、感謝してもらわねばならない。この件に関しては向こうが謝ることはあっても、こちらが詫《わ》びる必要はないはずだ。そう思いつつも、麻都はどこかうしろめたい気持ちで、ようやく立ち上がった少女に帽子を差し出した。

「ほら」

「あ、どうも……」

少女は帽子を受け取ると、タイヤの跡に悲しそうな目を向けてから、それを頭に載せた。スカートの尻をはたいて土を払うと、尻餅をついたときに道に放り出してしまった革のトランクを拾う。それは、ずいぶん古いものらしく、ところどころ革がすり切れていて、取っ手には修理をした跡があった。

旅行かな？

麻郁《まいく》はトランクを提げた少女の姿を横目で見ながらスクーターに跨《また》がった。だが、まだ夏休みの時期でもないのに、自分とそう歳の変わらない少女がひとり旅というのも、なにか妙だ。一応、避暑地《ひしょち》として名高い場所の近くではあるが、このへんはあまり観光客が足を運ぶようなところでもない。

ひょっとして、家出？

そうした疑念が浮かんだ途端、麻郁にはそれが、ほぼ確実なことのように思えた。だが、もしそうだとしても、自分にはまったくかかわりのないことだ。髪の長い少女を置き去りにして、麻郁はスクーターを発進させようとした。

「あの、ちょっとお伺《うかが》いしたいんですが……」

少女におずおずと声を掛けられて、麻郁はアクセルをふかそうとしていた手を止めた。顔だけを半分、少女のほうに向け、

「なに？」

「西海《にしうみ》ノ口《くち》には、どう行けばいいんでしょうか？」

「西海ノ口？」

西海ノ口と言えば、麻郁の家があるあたりだ。それを考えれば、少女は道を訊《き》くのに、もっ

とも適した相手と行き会ったことになる。

家出じゃなかったのか。

少女の口から具体的な行き先が出たことで、麻郁はさっき頭に浮かんだ憶測《おくそく》を打ち消すと、そこまでの道のりを説明してやる。

「この道まっすぐ行くと、そのうち線路があるから、しばらくそれに沿って……」

少女はふんふんと神妙な顔で聞いてから、

「まだ、だいぶ遠いですか？」

「いや、歩いてなら二、三十分だと思うけど」

と答えながら、麻郁は、動作が妙にのんびりしたこの少女なら、その倍ぐらいは掛かりそうだと感じていた。

「じゃあ、俺《おれ》、急いでるから」

麻郁が顔を前に向け、改めてスクーターを発進させようとすると、少女がそのタイミングを狙《ねら》っていたように声を掛けてきた。

「あの……」

無言で麻郁が振り向くと、少女は申し訳なさそうに、

「すみません。道順、もう一度お願いできませんか。頭の中、なんか、ごっちゃになっちゃって」

急いでるっつってんだろーが。

麻郁《まいく》は心の中で毒づいたが、それでも、さっき口にした道順を、もう一度繰《く》り返《かえ》した。

「わかったか？」

最後に駄目押しのように訊《き》くと、少女はおぼつかない顔でうなずき、

「あ、はい、たぶん」

たぶん、かよ……。

胸の裡《うち》でため息をつきつつも、麻郁は、今度こそ出発しようと前を向く。すると、少女が前にもましておずおずと、

「あの……」

「なんだよ？　まだ、なんかあるのか？」

苛立《いらだ》たしげに振り向いた麻郁の様子に、少女は少しおびえた表情を見せたが、すぐに深々と頭をさげた。

「どうも、ありがとうございました」

「神城《かみしろ》クン、今日も遅刻だったわね」

そう言うと、職員室の自分の机の前に座った風見《かざみ》みずほは、目の前に立たせた麻郁の顔を、メガネのレンズ越しに見あげた。みずほは麻郁のクラス担任で、年齢《ねんれい》は二十代のなかばといっ

たところだろうか。服は、ノースリーブのブラウスに生地の薄《うす》いスカート。前髪と左右の耳元に一房ずつ残してうしろでまとめた髪は三つに分けられていて、真ん中の太い束をクロワッサンのようにカールした髪が両側から挟んでいる。こんな田舎《いなか》の高校にはもったいないくらいの美人で、教職などという地味な仕事に就かせておくには惜しいナイスバディの持ち主だ。そのため、男子生徒の憧《あこが》れの的で、以前、急病で休んだ体育教師に代わって自分のクラスの女子の水泳の授業を水着姿で担当したときは、プールを囲むフェンスの周りに授業を抜け出してきた者が鈴なりになったこともある。普通、こうしたタイプの女教師は女生徒からは反感を持たれがちなものだが、みずほには年下の少女たちから見ても、かわいいと思われるような抜けたところがあって、同性の教え子たちにも、癒《いや》し系の話しやすい先生として人気があった。

「今月に入って、もう五回目よ」

と、みずほが言うのを、麻郁は直立不動のまま訂正する。

「四回目です」

「え……？」

みずほは開いて持った出席簿《しゅっせきぼ》に目を落とすと、そこに記された遅刻の印の数を、ひぃ、ふう、みぃ、よぉ……と数えてから、

「あら、ほんと」

出鼻をくじかれたみずほが、わざとらしく、こほん……と咳《せき》をする。そして、彼女にしては

精一杯怖い顔を作って、

「とにかく、遅刻が多すぎます」

「どーも、すみませんでした」

麻郁《まいく》が思い切りよく頭をさげると、みずほは閉じた出席簿《しゅっせきぼ》を膝《ひざ》に置き、表情を和らげた。

顔をあげた麻郁に、気遣いのこもった目を向けて、

「ひとり暮らし、大変なんじゃないの？」

その通りだ。だが、それは自分が選んだことなのだ。今になって泣き言を言うわけにはいかない。

「いいえ、大丈夫です」

「ごはん、ちゃんと食べてる？」

「一応」

「仕事で夜更かししてるんじゃないの？　遅刻が多いのも、そのせいだったりしない？」

「以後、気をつけます」

頑《かたく》なに弱みを見せまいとする麻郁の態度に、みずほは小さくため息をつくと、あきらめたように、

「そう……だったら、明日からは遅刻しないでね。もう、帰っていいわよ」

戸口で一礼してから職員室を出ると、麻郁は疲れた足取りで廊下を進みはじめた。

クソッ……あいつのせいで結局、遅刻しちまったじゃねーか。

あいつというのは、朝、学校に向かっていたとき、スクーターの前に飛び出してきた少女のことだ。しつこく道を訊《き》かれたせいで、思った以上に時間を浪費してしまい、あのあとスクーターを走らせて学校の裏手に着いたときには、すでに始業のチャイムは鳴り終わっていた。その結果、麻郁は放課後に呼び出しを喰《く》らうハメになったのだ。元はと言えば、寝過ごした自分が悪いのだが、それでも、うまくすれば間に合っていたかもしれないと思うと、風に乗った白い帽子が運んできたトラブルがひどく苦々しく感じられる。

それにしても、あいつ、いったい、なにしにきたんだろ？

麻郁の脳裏に、古びたトランクを提げた少女の姿とともに、ひとつの疑問が浮かぶ。彼女が目指していた西海《にしうみ》ノ口《くち》は、この季節、旅行者が目当てにするようななにかがあるところではない。それを考えると、いちばんありそうなのは、田舎《いなか》の親戚《しんせき》を訪ねてきたというのだが、それにしては時間が早すぎるような気もする。だとすると……。

そんなこと、どうでもいいことじゃねぇか。

いつの間にか、少女のことを必要以上に考えている自分に気づき、麻郁は頭に浮かんだ彼女の姿を打ち消した。だが、水面《みなも》を叩いても、そこに映るものを完全に消すことはできないように、トランクを提げた少女の姿に取って代わったのは、タイヤの跡がついた帽子を悲しげに見つめる彼女の顔だった。

タイヤの跡、きれいに消えるかな……。

帽子というのは、ひどく汚れたときどうするのだろう？　衣類と同じように洗濯機《せんたくき》に放り込むのか、それともクリーニングに出すのだろうか？

……って、なんで、また、あいつのこと考えてんだ、俺《おれ》？

どうして、あの少女のことがこんなにも気に掛かるのか、麻都《まいく》は自分でも不思議だった。確かに、彼女とは印象に残る出会い方をした。それに、ちょっとかわいいコだったとも思う。だが、それだけではないはずだ。あの少女には、一目見ただけでこちらの記憶《きおく》に強く残るなにかがあったに違いない。

湖からの爽《さわ》やかな風になぶられているところを見てみたいと思わせる長い髪。手を触れると、ひんやりとした感触が伝わってきそうなすべらかな白い肌。肩は薄《うす》く、そのうえ、頼《たよ》りないほどのなで肩で、あれだとポシェットのストラップを掛けるのも苦労しそうだ。手足は折れそうに細く、トランクを持ったほうの肩が重さに引かれて少しさがっていた。鼻はお世辞にも高いとは言えないが、それがかえって、彼女の顔に親しみやすい愛らしさを宿らせている。目尻《めじり》は少し垂れ気味で、柔らかそうな頬《ほお》を指で押せば、そこに涙がにじみそうだ。そして、なによりも強く印象に残るのは——。

「なんだか、ご機嫌ナナメのようね」

背後から不意に声を掛けられて、麻都は足を止めると同時に振り向いた。

「会長……」

自分より頭ふたつほど低い位置にある森野《もりの》苺《いちご》の顔を見て、麻郁は少しまごついた。栗色《くりいろ》がかった髪を腰までのばした苺は、小学校の高学年かと見まごうばかりに小柄だが、実は麻郁の二年先輩の三年生で、今期の生徒会長を務めている。整った顔立ちは、美少女の範疇《はんちゅう》に入ると言っても過言ではないだろう。だが、その顔に目立った表情が浮かぶことはほとんどない。目の前でなにが起きても、人形のように無表情。ごくたまに、口元を皮肉な笑みで歪《ゆが》めることがあるだけだ。口調も表情の乏しさに合わせてか、書かれたものを気乗り薄に読んでいるように抑揚がない。聞く者の肺腑《はいふ》をえぐる無類の毒舌家で、嘘《うそ》かまことか、彼女の言葉に打ちのめされて再起不能に陥り、とうとう学校にこなくなった生徒もいるという。長い歴史を誇る県立木崎《きざき》高等学校はじまって以来の、最強の生徒会長と言われており、ひそかに「小さな影《かげ》の独裁者」、「髭《ひげ》を剃《そ》り落としたヒトラー」という異名を奉られてもいるらしい。この学校の女子の制服はセーラー服のはずなのに、苺はなぜかひとりだけ、クリーム色のベストに半袖《はんそで》のブラウス、そして、裾《すそ》に白いラインの入ったプリーツスカートという格好で、傍目《はため》にはそれが、彼女が校則ですら不可侵の存在であることを告げているように思われた。

「神城《かみしろ》クン、ちょっと話があるんだけど」

そう言うと、苺はすぐそばの引き戸に向かって軽く顎《あご》をしゃくった。

「会長、生徒会のことなら……」

「わかってるわ」

麻郁《まいく》の言葉を遮って、苺《いちご》が生徒会室の引き戸を開けた。窓から差し込む午後の日射しで明るい室内には、机が「コ」の字型に配置されている。出入り口から見て、正面の壁には校旗が掲げてあり、苺はそれを背にした席、生徒会のメンバーが「会長席」と呼んでいるところに腰をおろした。

「神城《かみしろ》クンも座って」

と苺が椅子を勧めると、麻郁は長居するつもりはないと言うように、うしろ手で閉めた引き戸のそばに立ったまま、

「いえ、いいです」

麻郁はこの学校に入学したばかりの頃《ころ》、苺に生徒会に入らないかと誘われたことがあった。どこで聞きつけたのか、彼女は麻郁がプログラマーとしてかなりの腕であることを知っており、その情報処理能力を買ってのことらしい。苦学生の麻郁としては、これ以上よけいな仕事が増えてはたまらないと断ったのだが、苺はあきらめていないらしく、こうして時折、声を掛けてくる。今回もその件だろうと思って、麻郁はさっさと話を切り上げるつもりでいたのだが、苺は黙ったまま、なかなか口を開かない。麻郁などいないもののように、膝《ひざ》に手を置いて、じっと前を向いている。そうやって黙《だま》っていられると、苺はまるで等身大の人形のようで、麻郁は妙に息苦しくなってきた。

話があるんじゃ、ねぇーのかよ？

麻郁が苛立《いらだ》ちを募らせる一方で、苺は顔の筋ひとつ動かさず、まばたきすらしない。鼻の下に手を当てて、本当に息をしているのかどうか、確かめたくなるほどだ。

「あの、会長、用がないんだったら……」

とうとう麻郁が重苦しい沈黙《ちんもく》に耐えかねて口を開いた。すると、苺はそれを待っていたように、顔を麻郁のほうに向け、

「神城クン、うちの学校、バイク通学は禁止なのよ」

「なッ、なんのことです？」

武道で言えば、少し踏《ふ》み出《だ》したところに不意打ちを喰《く》らったようなもので、麻郁は激しくうろたえた。これでは、自分がバイク通学をしているのを認めたも同然だ。

「急いでいたのはわかるけど、もっとわからないところに隠したほうがいいわね」

スクーターを置いた場所までつかまれているとなると、もう言い逃れはできないだろう。遅刻しないためにスクーターに乗って登校したのに、つまらないトラブルで結局、始業時間には間に合わなかったうえ、バイク通学までバレるだなんて、今日は最悪の星まわりだ。

「会長、このこと先生に……」

「まさか」

麻郁の言葉が終わらないうちに、苺はそれを否定した。

「わたしは告げ口なんて卑劣なことはしないわ。もっとも、わたしにしてくれるのは大歓迎《だいかんげい》だけど」

「はぁ……」

苺《いちご》は自らの驚異《きょうい》的な情報収集能力の一端が密告の奨励に依存していることを匂《にお》わせると、それまでの話の流れを断ち切るように、

「ところで神城《かみしろ》クン、あなたにおねがいがあるんだけど」

「おねがい、ですか？」

「ええ」

苺は軽くうなずくと、立ち上がって、スカートのポケットから楕円形《だえんけい》のプラスチックのプレートがついたキイを取り出した。部屋の隅に置かれたロッカーの前にしゃがむと、カギを開けて、中から分厚い紙の束を取り出す。それを無造作に麻郁《まいく》のほうに差し出して、

「今期の各部活の予算編成資料……今、ちょっと手が足りなくて、手伝ってもらえるととても助かるんだけど」

「おねがいってことは、断るのもアリなんですよね？」

麻郁は突きつけられた書類の束から苺の顔へと視線を移し、おずおずと訊《き》いてみた。

「もちろん、無理強《じ》いはしないわ」

と苺は言うが、校則違反の事実を指摘された直後であるだけに、それを鵜呑《うの》みにはできそう

もない。麻郁は分厚い資料に目を落としてから、もう一度、苺の顔に視線を戻す。

これは、この「おねがい」を聞き入れなければ、バイク通学のことを学校側にバラすという、遠まわしな脅迫なのだろうか。もちろん、苺自身は一言も脅しめいたことを口にしてはいないが、これまでの流れから言って、彼女の「おねがい」が、ただの「おねがい」とは考えにくい。断ったら、当然、それなりの報いがあると覚悟するべきだろう。

相変わらず、苺の顔は能面のように無表情で、内面をまったく窺《うかが》わせない。小柄な立ち姿から、それとは不釣り合いな強いプレッシャーを受けながら、麻郁は彼女がこの学校の生徒たちから最強の生徒会長と畏《おそ》れられているわけを、少し垣間《かいま》見た気がした。

「わかりました」

ここで下手《へた》に逆らったらロクなことにならないと、麻郁があきらめ顔で返事をすると、苺はさしてうれしくもなさそうな口振りで、

「うれしいわ。引き受けてくれるのね」

「で、いつまでにやればいいんです？」

「週明けでいいわ」

クソッ、仕事、詰まってんのに。

ただでさえ、プログラミングの仕事の納期が迫っているというのに、よけいな仕事まで押しつけられて、麻郁は頭を掻《か》きむしりたくなった。苺は、ギュッと寄せられた眉間《みけん》の皺《しわ》に目をや

りながら、

「そんな、膨《ふく》れっ面《つら》しないで。ちゃんとバイト代も出すから」

「バイト代？」

「購買《こうばい》のヤキソバパン二週間分、もしくは……」

「もしくは？」

麻郁《まいく》がつり込まれて訊《き》くと、苺《いちご》はいたって真面目《まじめ》な顔で、

「わたしと楽しいデート」

予想外の答えに、麻郁が大きく息を呑《の》む。

森野《もりの》会長と楽しいデート……。

無表情な苺と手をつないで歩き、なにに対しても無反応な苺と並んで映画を観《み》て、むっつりと黙《だま》り込《こ》んだ苺と向き合って食事をし、醒《さ》めた目をした苺と公園のベンチで愛を語り合い、陸に揚《あ》げられたマグロのように身動きしない苺と……。

ダメだ。想像できない。苺との楽しいデートなんて、はっきり言ってSFの領域だ。それに比べれば、美人の宇宙人とひそかに学生結婚するほうが、まだありそうなことに思える。想像しえないことを想像しかけた麻郁の額には、いつしかじんわりと脂汗《あぶらあせ》がにじんでいた。

「どっちにする？」

口の端に微《かす》かな笑みを浮かべた苺に訊かれると、麻郁はあわてて、

「や、ヤキソバパンでいいです」

「そう……それは、残念」

デートのほうがよかったのかよッ！

もちろん、本気ではないと思うが、万が一、そうだったらあまりにも怖《こわ》いので、麻郁は早々に生徒会室を退散することにした。

「資料のまとめ、よろしく頼むわね」

苺の言葉に送られて、受け取った資料を小脇《こわき》に抱えた麻郁が引き戸の前に立つと、そのときを見計らっていたかのように、それが外側から開かれた。麻郁がハッと身を堅くすると、部屋に入ってこようとした相手も目を見開いて動きを止める。

「あら……」

引き戸を開けたのは、二年生の織部《おりべ》椿《つばき》だった。少し硬めの髪を腰までのばした彼女は、生徒会の副会長。フレームレスのメガネを掛けているため、切れ長の目が印象に残る顔だけを見ると理知的なイメージが強いが、のびやかな肢体は、それを裏切るように肉感的で、つくべきところにほどよく肉がついている。身長は麻郁とそう変わらないから、この年頃《としごろ》の女子にしては高いほうだろう。そのため、生徒会でコンビを組む苺が椿の前に立つと、彼女はセーラー服の胸元を誇らしげに持ち上げている、はちきれそうなバストと向き合うことになる。もちろん、面と向かってではないが、そんなふたりを「生徒会の凸凹コンビ」と呼ぶ者もいるらしい。

麻郁がとまどった表情を浮かべると、椿《つばき》はたじろいだように身を引いて、道をあけた。麻郁《まいく》が軽く頭をさげて生徒会室を出て行くと、椿はいつもの彼女らしくもないあたふたした動作で苺《いちご》のところにやってくる。


「今の彼……」

「知ってるの？」

「一年B組、神城《かみしろ》麻郁。施設育ちで、在宅プログラマーの仕事をしてて、現在は貸家でひとり暮らし」

「よく知ってるわね」

「あ、いや、それは……」

苺はあからさまにうろたえた様子の椿を横目で見ながら、

「ひょっとして、恋？」

「ちッ、違います！」

椿が真っ赤になって否定する。

「ほら、彼、すっごく優秀じゃないですか。コンピューター関係とか特に。だから、生徒会に入れたら戦力になると思って」

「ふう――――ん」

「先輩《せんぱい》……」

苺が、いやに間延びした相槌《あいづち》を打つ。

「会長、信じてないんですか？」

椿が血相を変えてにじり寄ると、苺はいともあっさりと、

「いいえ、信じてるわよ」

「そ、そうですか……」

軽くいなされた格好の椿は、気の抜けた顔でがっくりとうなだれた。しかし、すぐに顔をあげ、

「ところで、彼になんの用だったんですか？」

「たいしたことじゃないわ。ちょっとお話してただけ」

「話って、どんな？」

「知りたい？」

「知りたいです」

椿が興味津々《しんしん》で身を乗り出すと、苺は他《ほか》にひとがいるわけでもないのに、左右に素早く目を走らせる。

「耳を貸して」

「はい」

椿が身を屈《かが》めて、苺の顔に耳を近づける。すると、苺はそれに唇を寄せ、息を吹きかけるよ

うに囁《ささや》いた。

「ひ・み・つ」

学校からの帰り道、鄙《ひな》びた風景の中でスクーターを走らせていた麻郁《まいく》は角を曲がったところで、行く手に茶色のベストを着た少女のうしろ姿を見つけた。つばの広い帽子に、古ぼけたトランク。白い帽子にはタイヤの跡がしっかり残っていて、まるで、頭の上を轢《ひ》かれたように見える。間違いない。今朝《けさ》、スクーターの前に飛び出してきた髪の長い少女だ。どことなく頼《たよ》りない足取りで、湿った土の道をとぼとぼ歩いている。考えてみれば、今朝は彼女のせいで遅刻したようなものだ。あらためて、文句のひとつも言ってやりたい気持ちを胸に抱きながら、麻郁は少女を追い越した。

「あのッ」

すれ違ってすぐ、背後から少女が声を掛けてきた。胸の中で舌打ちしながら、麻郁がスクーターを停《と》める。

「なんだよ?」

ぶっきらぼうに言いながら振り向いた麻郁は、少女の顔を見るなり、軽く目を瞠《みは》った。

同じ、目だ……。

スクーターに跨《またが》ったままの麻郁に向けられた少女の瞳《ひとみ》は、彼のと同じ色をしていた。晴れた日の湖面のように澄《す》んだ青――。

どうして……どうして、気づかなかったんだろう？

彼女のことを麻郁の胸に強く印象づけていたのは、長い髪でもすべらかな肌でも白い帽子でもなく、この青い瞳だったのだ。今までこのことに気づかなかったなんて、今朝、会ったときは、よほどあわてていたようだ。

自分の顔をまじまじと見つめる麻郁の視線に気圧《けお》されたのか、少女は声を掛けたのを後悔するようにおずおずと、

「西海《にしうみ》ノ口《くち》には、どう行けばいいんでしょうか？」

「あれから、ずっと迷ってたぁ？」

少女と並んで、スクーターを押しながら歩いていた麻郁は、今朝、彼女と別れてからのいきさつを本人の口から聞いて、思わず声をあげた。

「すみません」

まるで、叱《しか》られたかのように、少女が細い首をすくめる。

「あ、いや、別に謝ンなくてもいいけどさ」

「初めは教えてもらったとおりに行けてたんですけど、途中でわかんなくなっちゃて……気がついたらおんなじとこグルグルまわってて……それで、最初のとこに引き返そうと思ったんで

すけど、どうしても戻れなくて……なんか、どんどん山の中に入ってっちゃって、足も痛いし、おなかもすいてきて……しょうがないから、作ってきたお弁当食べたら、なんだか眠くなっちゃって……で、展望台みたいなところにベンチがあったから、そこでちょっとお昼寝してから、また、このへんまで戻ってきたんです」

「な、なるほど」

いやはや、とんでもない方向音痴だ。このまま放っておくと、三週間後には樺太《からふと》のあたりをさまよっているかもしれない。しかし、道に迷いながらも、山の中で弁当を食べてお昼寝とは、見かけによらず、肝は太いようだ。

「どっちみち帰り道だから、そこまで案内してやるよ」

こんな、思わぬ言葉が口をついて出たのは、この天然記念物ものの方向音痴娘をひとりで歩かせていては、いつまで経《た》っても目的地にたどり着けないだろうと、人ごとながら心配になったからだ。だが、「ありがとうございます」と言った彼女のうれしそうな顔を見た途端、麻郁《まいく》は自分が柄にもなく道案内を買って出たのは、これが見たかったからのような気がした。

今日一日、さんざん歩きまわって疲れているのか、少女の歩みはスクーターを押している麻郁が苛立《いらだ》たしくなるほど、ゆっくりとしたものだった。ひとりで歩いているときの三倍以上の時間を掛けて、麻郁はようやく、自分の家の近くに戻ってきた。

「このあたりから西海《にしうみ》ノ口《くち》だけど」

湖岸沿いの道を歩きながら麻郁が言うと、少女はあまり要領をえない顔で、

「そうなんですか」

「……で、西海ノ口のどこに行くつもりなんだ？」

「それは……よくわかんないです」

「はぁ？　わかんないって、どういう……」

「あ、でも、見ればわかるんです」

「見ればわかる？」

「はい」

訝《いぶか》しげな顔をする麻郁にはかまわずに、少女は道の両側に田畑に混じってぽつぽつと建つ家屋に、次々と視線を向ける。きょろきょろ左右を見まわす彼女とともに道を進むと、行く手にすぼめたパラソルを柄を下にして立てたような木が見えてきた。かなりの大木で、高さは二階家の屋根を大きく越えている。ちょうど舗装路《ほそうろ》から麻郁の家へとおりていく坂道がはじまるところに生えていて、麻郁が自分の家の場所をひとに教えるときのいい目印になっていた。その木の前を通り過ぎたところで、少女の足が止まった。坂道の下り口から麻郁の家をしげしげと見る彼女の顔に、急速に感動の色がひろがってゆく。少女は未舗装の坂道を駆けおりると、麻郁の家の玄関先に立ち、

「ほんとうに……ほんとうにあったんだ」

古びた一戸建のなにがめずらしいのか、空飛ぶ城でも見つけたような驚《おど》きぶりだ。

「おい、どしたんだよ、いきなり？」

スクーターを押しながら坂道を下ってきた麻郁《まいく》が問うと、少女は目の前の一軒家を指さして、

「ここ、わたしのうちなんです」

「馬鹿《ばか》言え。ここは俺《おれ》ンちだ」

「えッ！　それじゃあ、あなたがわたしのお兄ちゃん、もしくは弟のひと？」

「はぁ？」

麻郁が、わけがわからないという顔をしていると、少女はスカートのポケットから一枚の写真を取り出した。

「ほら、ここに証拠もあります」

「証拠？」

少女の差し出す写真を一目見て、麻郁が大きく息を呑《の》む。それは、麻郁が捨てられたときに唯一持たされていた写真と、まったく同じものだった。まるいビニールプール、その中に入っているふたりの幼児、強い日射《ひざ》しにきらめくしずく、そして、その背後に立つ一軒家……なにもかも、寸分違《たが》わず一緒だ。

「なんで、あんたがこれを？」

「わたし、捨て子だったんです。捨てられてたとき、名前とか身元のわかるもの、なんにもな

かったんですけど、この写真だけ持たされてたんです」

少女の言葉を聞きながら、麻郁は足元の地面がうねりだしたような強いめまいを感じた。

いったい、どうなってんだ？

自分と同じ青い瞳《ひとみ》を持つ少女。彼女は、自分が捨てられたとき身に着けていたのと同じ写真を持っていた。いったい、これはなにを意味しているのだろう。写真にはふたりの子供が写っていた。ひとりは男のコで、もうひとりは女のコ。同じ目の色をしているところから見て、ふたりは血のつながりがあるに違いない。男のコのほうは、まず、間違いなく自分だろう。だとすると、女のコのほうは……。

「とにかく……とにかく、中に入ってくれ。話はそれからだ」

混乱した麻郁はあえぐように言うと、スクーターを玄関ポーチの端に停《と》めた。

「だいじょうぶですか？　顔色、悪いみたいですけど」

洗面所で顔を洗ってきた麻郁が茶の間に入ると、先にそこに通されていた少女が気遣わしげに訊《き》く。

あんたのせいでな。

咄嗟《とっさ》に出かかった憎まれ口を、麻郁はグッと呑み込んだ。六畳間の真ん中には、廃品回収に出されていたのを拾ってきた座卓が、でんと置いてある。それを挟んで、座布団の上にちょこんと座った少女の前に、麻郁《まいく》は腰をおろした。

「俺《おれ》は、麻郁……神城《かみしろ》麻郁」

なにから話し出したものか考えあぐねた末に、麻郁は少女に自分の名を告げた。

「わたしは小野寺《おのでら》樺恋《かれん》っていいます」

「さっきの写真、もっぺん見せてもらえるかな」

樺恋が例の写真を取り出し、座卓の真ん中に置いた。それを手に取った麻郁は、切り取られた過去の一コマを、穴があくほど見つめてから、

「俺も、これと同じ写真を持ってるんだ。あんたと一緒で、捨てられたときに、それだけ持たされてたらしい」

「それじゃあ、麻郁さんも……」

「俺も施設育ちの捨て子だよ」

「それじゃあ、これで決まりですね」

「なにが?」

「わたしと麻郁さんが、肉親だってこと」

「なんで、そうなるんだよ!」

麻郁が座卓を叩《たた》きかねない勢いで言う。

「でも、わたしも麻郁さんも捨て子で、この写真を持たされてたってことは、こっちがわたし

で……」

樺恋は座卓に置いた写真の中の女のコをさした指先を、隣《となり》の男のコへと移し、

「こっちが麻郁さんってことでしょ」

「それはそうかもしんねぇけど……」

「それに」

と言って、樺恋は自分の目を人差し指でさし示した。

「わたしも、麻郁さんもおんなじ目をしてる」

動かしがたい事実を前に、麻郁が黙《だま》り込《こ》んでしまうと、樺恋は結論を出すように、

「だから、わたしと麻郁さんは血がつながってるんです。それで、ここがわたしの家なんです」

「でも、今は俺の家なんだよ！」

樺恋の決めつけを押し返そうとするように、麻郁は、もうひとつの動かしがたい事実を持ち出した。

「それは……そうかもしれません。けど、やっぱりここは、わたしの家なんです！　わたしの生まれた家なんです！」

一息に言い切ってから、樺恋は自分がひどく大きな声を出していたことに気づいて顔を赤らめた。

「ごめんなさい。つい、興奮して」

「あ、いや……」

いいんだ、その気持ちわかるから……と喉《のど》まで出かかったのを呑《の》み込《こ》むと、麻郁《まいく》は気まずそうに、うつむいた樺恋《かれん》の顔から目をそらせた。喫煙の習慣があれば、少し間を置くために、ここでタバコに火をつけていただろう。

「いきさつはわかったけど、なんで、今頃《いまごろ》やってきたんだ？　休みの時期でもないのにさ」

「テレビで見たんです」

「一昨年《おととし》のＵＦＯ騒《さわ》ぎか」

麻郁がつぶやくように言うと、樺恋はパッと顔をあげて、

「それじゃあ、麻郁さんも？」

「ああ、俺《おれ》もあれでこの家を見つけたんだ」

どこからどこまで、まるで、鏡に映したように同じだ。捨て子だったという境遇も、捨てられたときに持たされていた写真も、そこに写っていた家を見つけたきっかけも、そして、おそらくは自分の生まれた家に対する想いの深さも——。

ただ、少しばかり違っているのは、樺恋よりも麻郁のほうが先にこの家を見つけ、手に入れたということだ。厳密に言えば、この家は貸し主の持ち物だが、今、ここに住んでいるのは麻郁だ。彼が、「ここは俺の家だ」と言い切るのは至極当然なことだろう。だが、そのことは、

なぜか麻郁に、そうとは知らずに妹の分までおやつを食べてしまったような罪悪感に似たものをいだかせた。それを少しでも埋め合わせようという気持ちが働いたのか、麻郁は樺恋が「家の中、見せてもらってもいいですか？」と訊《き》いたとき、とまどいながらも「いいよ」と言っていた。

茶の間の隣《となり》の和室、ダイニング、風呂場《ふろば》と一通り一階を見てから、ふたりはそろって二階にあがる。

「ここが俺の部屋」

そう言って麻郁が自室の引き戸を開けると、樺恋は殺風景な部屋の中に足を踏《ふ》み入れて、

「うわぁ……わたし、男のひとの部屋って見るの初めてなんです」

特に変わったものがあるとも思えないのに、樺恋は興味津々《しんしん》といった表情で周囲を見まわしている。

「あ、パソコン」

「さわんなよ、俺の仕事道具なんだから」

「仕事？」

樺恋が物問いたげな顔をすると、麻郁は自分が施設を出てからは在宅プログラマーの仕事で、どうにかこうにか自立していることを手短に説明した。

「偉いんですねぇ」

「別に。やらなきゃなんないから、やってるだけだ」

必要以上にぶっきらぼうな口調になってしまったのは、素直すぎる樺恋《かれん》の言葉に照れたためかもしれない。

「でも、学校行きながらお仕事してると、なにかと大変じゃないですか？」

「ん、まあな」

「それに、家事とかって結構面倒だし」

ひとり暮らしをはじめて、それは痛感したことだ。炊事、掃除、洗濯《せんたく》……日常の細々とした営みが、こんなにも面倒だとは、全部ひとりで背負い込んでみるまでわからなかった。

「自分の代わりに誰《だれ》かがごはん作ってくれたり、掃除してくれたらいいなって、思うことってないですか？」

「そりゃ、ないわけじゃないけど……」

うっかりそう言ってから、麻郁《まいく》はハッとなり、

「……って、あんた、いったい……」

「あッ、隣《となり》も見せてもらっていいですか？」

麻郁の問い掛けを遮り、樺恋があせった声で訊《き》く。

「いいけどさ」

なんとなく釈然としない気持ちで、麻郁は自室を出ると隣の部屋の前に立った。襖《ふすま》を開ける

と、中は六畳の和室で、家具調度の類《たぐい》はなにもない。そのせいで、実際以上に広く感じられる

室内に入ると、樺恋は少し驚《おどろ》いた顔をして、

「ここ、なんにもないですね」

「今は使ってねーからな」

「あ、でも、掃除はしてありますね」

樺恋が白いソックスをはいた足の裏で、日に焼けた畳の表面をこすりながら言う。

「一応な」

「こんな広い部屋、全然使ってないなんて、なんか、もったいないですね」

「そうかな？」

「そうですよ！」

樺恋は妙に力んで言うと、その反動のようにか細い声になり、

「有効利用のために、居候でも置いてみようかなって、思ったりしません？」

「あんた、まさか……」

「帰るところがないんです、わたし」

樺恋の口からおねがいが出る前に、麻郁は先まわりしてきっぱりと言う。

「ダメだ」

「まだ、なにも言ってませんけど」

「言わなくってもわかるさ」

麻郁《まいく》はぐらつく自分の気持ちを叱咤《しった》するように、

「絶対ダメだ」

「どうして？」

「当たり前だろ。いきなりやってきて、そんで一緒に住ませてくれって……そんなの通るわけねーだろ」

「でも、血がつながってるんですよ、わたしたち」

「そんなの……そんなのわかんねーだろ。それに、もし、そうだからって、なんだっていうんだよ？」

麻郁の言葉に、樺恋《かれん》は唇を噛《か》んだ。重苦しい沈黙《ちんもく》が、ふたりのあいだにおりてくる。それに耐えかねた麻郁が、なにか言おうとするより一瞬《いっしゅん》早く、樺恋が口を開いた。

「さっき見た麻郁さんの部屋に、あの写真、飾ってありましたよね」

麻郁の顔が見えない傷口に触れられたようにこわばる。

「わたしも、そうしてました。写真立てに入れて、机の上に置いて、いつもいつも見てました。今はひとりぼっちだけど、わたしには兄弟がいるんだ。お父さんもお母さんもいて、みんなで一緒に住んでるおうちがあって……」

そこから先は、もう言葉にならないのか、樺恋はうつむいて喉《のど》を詰まらせた。

「それで、自分の生まれた家に戻ってくれば、そこに今でも家族がいるとでも思ったのかよ」

麻郁の言葉は辛辣《しんらつ》だった。だがそれは、樺恋よりも麻郁自身の胸を深くえぐったようだ。

そんなことあるわけねぇんだよ。

麻郁は心の中で吐き捨てるように言うと、うなだれた樺恋を前にして、固くこぶしを握りしめた。

「ごめんなさい」

樺恋はかすれた声で言うと、前髪で隠れた目元を指先でぬぐった。

「あの、ほんとすみません。なんか、急に変なこと言っちゃって……」

顔をあげた樺恋は必死に笑みを浮かべようとしていたが、それは痛々しいまでに失敗していた。

「お邪魔《じゃま》しました。わたし、これで帰ります」

樺恋はぺこりと頭をさげると、麻郁に背を向けた。

「待てよ」

部屋を出ようとした樺恋を麻郁が呼び止める。

「帰るって、どこへだよ」

「…………」

「帰るとこ、なかったんじゃないのか」

黙《だま》り込《こ》んでしまった樺恋《かれん》の背中に、麻郁《まいく》が追い打ちを掛けるように言う。

「どうするつもりなんだ？　なんか、あてがあんのかよ？」

「あてなんてありません」

ヤケを起こしたみたいにきっぱり言い切る樺恋。それとは対照的に、麻郁は自分の中のなにかと闘《たたか》っているかのように苦しげに、

「だったら……だったら、しばらくここにいろよ」

「麻郁さん」

驚《おどろ》いた樺恋が振り向くと、麻郁は照れたようにそっぽを向いた。

「ただし、ずっとってわけじゃないぞ。しばらくのあいだ……身の振り方が決まるまでだからな」


あーもぉー、なんで、あんなこと言っちまったかな？

仕事をすると言って自室にこもった麻郁は、机の前でひとり頭を悩ませていた。一応、パソコンを立ち上げてはいるものの、気が散って、作業のほうは一向にはかどっていなかった。このていたらくでは、とてもじゃないが、苺《いちご》に押しつけられた生徒会の仕事をしているどころではない。

それにしても、あの樺恋という少女は、本当に自分の肉親なのだろうか？　ともに捨て子だ

ったふたりが同じ写真を持っていたことや、瞳《ひとみ》の色のことを考えると、それは、ほとんど間違いないことのように思える。だとすると、彼女は自分の妹なのか、それとも姉なのか？

まさか、お姉ちゃんってことはないよなぁ……。

妹ならまだしも、放っておくと一日中道に迷っているような、頭の中がほわわんとしたお姉ちゃんなんて、ちょっと考えられない。森野《もりの》会長との楽しいデートと同じぐらい、想像しえないものだ。とっちらかった頭でそんなことを考えていると、部屋の引き戸が外から軽く叩《たた》かれた。それは、ひどく遠慮《えんりょ》がちなものだったのに、麻郁は自分でもおかしいくらい身体《からだ》を堅くして、

「なッ、なんだ？」

考えてみれば、部屋の引き戸をノックされるなんて、この家に越してからは初めてのことだ。ひとりきりで暮らしていては決して起こりえない現象に、過敏に反応した麻郁の返事を受けて、引き戸が少し開かれる。

「ちょっといいですか？」

引き戸の隙間《すきま》から、樺恋が遠慮がちに顔を覗《のぞ》かせる。麻郁は回転椅子《いす》をまわして、身体ごと彼女のほうを向いた。

「いいけど」

「麻郁さん、そろそろおなかすきません？」

そう言えば……。

樺恋《かれん》のことで頭がいっぱいで気づかなかったが、そろそろ夕飯時だ。

麻郁《まいく》が腹に手を当てて、

「そうだな。結構、減ってるかな」

「もしよかったら、わたし、ごはん作りましょうか？」

「あんた、料理できるのか？」

「はい、得意です」

樺恋が自信ありげにうなずく。

「それじゃあ、おねがいするかな」

「任せてください！」

なりゆきとはいえ、なかば強引にこの家に居座る結果になってしまったことに、樺恋は心苦しさを感じていたらしい。少しでも、お礼代わりになることができるのがうれしいようで、顔にははりきった表情が浮かんでいる。

「じゃ、冷蔵庫のもの、適当に使ってくれていいから」

「わかりました。それじゃあ、すぐに作りますね」

樺恋は顔を引っ込めると、引き戸を静かに閉めた。すぐにその向こうから、階段をおりる軽やかな足音が聞こえてくる。麻郁にはなぜか、それがひどく心地よいものに思えた。

炊きたてのごはん、味噌《みそ》汁、野菜炒《いた》め……らしきもの。シンプルなメニューが並んだ茶の間の座卓の前に座ると、麻郁は自分の茶碗《ちゃわん》と箸《はし》を手に取った。誰《だれ》かの手料理を食べるなんて、本当に久しぶりのことだ。手作りの料理から立ちのぼる家庭的な雰囲気に、思わず頬《ほお》がゆるみそうになる。だが、自前のものらしい胸当てのついたエプロンを着けた樺恋が、正面に座って、こちらの表情を窺《うかが》っているのに気づくと、麻郁はあわてて顔を引《ひ》き締《し》めた。

あり合わせのもので作ってあるため、炒め物の彩りはいまいちだが、肝心なのは味だ。麻郁は手元の皿から、樺恋が野菜炒めと主張しているものを箸で口に運んだ。次の瞬間《しゅんかん》、眉根《まゆね》が左右から寄って、眉間《みけん》に深い皺《しわ》が刻まれる。

「どうですか？」

樺恋が期待と不安が入り交じった表情で訊《き》くと、麻郁は憮然《ぶぜん》とした顔で、

「マズイ」

「やっぱり……」

そう言うところをみると、あまり自信はなかったようだ。樺恋の作った料理は、それを料理と呼ぶことがためらわれるほどひどい味だった。心臓の弱い人間にいきなりこれを食べさせたら、きっとショックで死ぬだろう。麻郁の家の冷蔵庫に入っていたのは、キャベツとかモヤシとか豚コマとか一般的な食材ばかりだ。それらを組み合わせて、こんな凄《すさ》まじいものを作って

しまうのだから、これは一種の才能といえるかもしれない。

「料理、得意じゃなかったのか？」

と訊《き》くと、樺恋《かれん》は申し訳なさそうに、

「作るのは得意なんですけど、おいしくするのは苦手で……」

「いや、それ、得意って言わねーし」

「すみません」

気の毒なほどしゅんとした樺恋を見ると、麻郁《まいく》はそれ以上責める気にはなれず、気の進まない顔で殺人的な味の《野菜炒《いた》め》に箸《はし》をのばした。


「ふぅーッ……」

麻郁は湯の中に裸身を沈めると、バスルームの天井に向かって大きくため息をついた。

まいったな、しかし……。

せっかく作ってくれたものを捨てるわけにもいかず、樺恋とふたりでまずい夕食をなんとか平らげてから、結構、時間が経《た》っているにもかかわらず、まだ胸が悪い。こんな食事が三度三度つづけば、舌が根本から腐れ落ちそうだ。あの腕前で食事の支度を買って出るとは、やはり、見た目と違ってたいしたタマだ。

麻郁はバスタブから出ると、鏡の前のプラスチックの椅子《いす》に腰をおろした。膝《ひざ》に濡《ぬ》らしたタオルを置いて、バスルームの隅のコーナーラックに手をのばす。ボディソープのタンクを取った麻郁は、それに長い髪の毛がへばりついているのを見つけて、ちょっとたじろいだ顔をした。当然ながら、これは自分のものではない。考えるまでもなく、ついさっき風呂《ふろ》を使った樺恋の髪の毛だ。半日近く道に迷って疲れただろうと、麻郁は彼女に一番風呂を譲《ゆず》ってやったのだ。

そっか、さっきまでここにあいつが……。

湯あがりでほてった裸身にバスタオルを巻いただけの格好で、風呂があいたことを麻郁の部屋まで知らせにきた樺恋の姿が脳裏をよぎる。頬《ほお》はもちろん、引き戸の隙間《すきま》からわずかに覗《のぞ》いた剝《む》き出《だ》しの肩もほんのり桜色に染まり、湿り気の残った髪はさらに艶《つや》やかさを増していた。距離《きょり》があったのでわからなかったが、そばまで行けば、シャンプーの匂《にお》いがほのかにしたに違いない。そんなことを考えていると、バスルームに立ちこめる湯気の中に甘ったるい女のコの匂いが溶け込んでいるような気がしてくる。

妙に落ち着かない気持ちになった麻郁が、もやもやしたものを振り払おうと強く頭を振ったとき、バスルームのドア越しに微《かす》かにチャイムの鳴るのが聞こえた。

「はあーい」

と、チャイムに応《こた》える樺恋の声がして、パタパタとスリッパを鳴らして廊下を走る音がつづく。

あのバカ、出る気か？

麻郁《まいく》はボディソープのタンクを放り出し、勢いよく立ち上がった。訪ねてきたのが宅配便ならいいが、それ以外だと、面倒なことになる可能性がある。ひとり暮らしのはずの麻郁の家に、あきらかに風呂《ふろ》あがりとわかる姿の少女がいるのを知られたら、どんな憶測《おくそく》を呼ぶかわからない。

麻郁はバスルームを飛び出ると、脱衣籠《だついかご》に用意してあったバスタオルをひっつかみ、ロクに身体《からだ》をふきもせず、それを腰に巻きつけた。その格好で廊下にしずくを垂らしながら、大股《おおまた》で玄関へと向かう。しかし、そのときには、もう、三和土《たたき》におりていた樺恋《かれん》が玄関の引き戸を開けていた。

「はい、どなた?」

と訊《き》く暇もなく、引き戸の外に立っていた少女がパジャマ姿の樺恋に飛びついてきた。

「お兄ちゃん!」

突然の訪問者はそう叫びながら樺恋の身体を強く抱きしめた。

「もしくは、弟よ!」

「お兄ちゃん? 弟?」

わけがわからなくて、樺恋は目を白黒させる。一方、相手の少女も、自分の抱きついている身体が、兄や弟のものにしては細く柔らかなのに気づくと、腕をほどいて身を離《はな》した。半歩さがって、樺恋の姿をまじまじと見ながら、

「あなた、ここのひと?」

「えーっと、微妙です」

「ビミョウ?　それ、どぉゆーこと?」

そこへ足音荒くやってきた麻郁が、唾《つば》を飛ばして樺恋に怒鳴る。

「おいッ!　なんで、勝手に出るんだよッ!」

悲劇は次の瞬間《しゅんかん》に起こった。よほど急いでいたのか、麻郁はバスタオルをあまりしっかりと腰に巻きつけてなかったらしい。大声を出した拍子に、それがはらりと落ちる。樺恋と、突然、訪ねてきた少女――ふたりの視線が一点に集中した。

「うわッ」

麻郁はあわててバスタオルを拾いあげて股間《こかん》を隠したが、すでに大事なところはしっかり見られてしまったようだ。樺恋も少女も頬《ほお》を赤くして、目をいっぱいに見開いている。「見たのか?」と問い掛けるような顔の麻郁と目が合うと、少女はなんとも言えない表情で小さくうなずいた。すると、それが合図だったかのように、樺恋が目を閉じ、その場にくたくたとくずおれる。

「にゅう～」

「あッ、おい、どしたんだ?」

驚《おどろ》いた麻郁が片手でバスタオルを押さえながら三和土におりると、少女は気を失った樺恋の

身体《からだ》を支えながら、

「あんたが、いきなりヘンなの見せたりするからでしょ！」

「いや、今のは事故で……」

「それより、このコ、なんとかしなくちゃ」

「あ、ああ、そうだな」

ふたりで樺恋《かれん》を茶の間の隣《となり》の和室に運ぶと、ふたつ折りにした座布団を枕《まくら》にして寝かせる。

濡《ぬ》れた身体《からだ》をふくために脱衣場に行った麻郁《まいく》が、タンクトップにジャージという格好になって戻ってくると、樺恋の枕元に座って、その顔を覗《のぞ》き込んでいた少女が目をあげた。

「どうだ？」

と麻郁が訊《き》くと、少女がなにか答える前に、樺恋が微《かす》かなうめきを漏らした。

「うーん……」

「気がついたみたいよ」

少女の言葉どおり、樺恋がぼんやりと目を開く。

よかった……。

麻郁はホッとしながら、樺恋の頭を挟んで少女と向き合う位置に腰をおろした。

「あれ？　わたし、どうして……」

のろのろと身を起こした樺恋は、麻郁が気遣わしげな顔で自分のほうを見ているのに気づくと、「ひゃッ」と叫んで、そばの少女に抱きついた。

「なッ、なんだよ、その反応？」

「そりゃあ、あんなの見せられちゃあねぇ……」

少女がニヤニヤ笑いながら言うと、樺恋《かれん》はさっき見てしまったモノを思い出したのか、頬《ほお》を赤らめうつむいた。

「すみません。わたし、強いショックを受けると気絶するクセがあって」

「んンッ」

わざとらしく咳払《せきばら》いすると、麻郁《まいく》は正体不明の少女に、

「それはさておき、あんた、いったい誰《だれ》なんだ？」

「わたし？」

少女が、今になってそんなことを訊《き》かれるのは心外だという顔をする。少し栗色《くりいろ》がかった髪は、肩に掛からない長さのショートカット。目はぱっちりとして、少し上向き気味の鼻が生意気そうだ。全体的に顔の造作はくっきりとして、さっきから見ていると、感情の動きに合わせてコロコロとよく表情が変わる。そして、彼女も麻郁や樺恋と同じように、瞳《ひとみ》の色が青かった。身長は、だいたい樺恋と同じぐらい。年齢《ねんれい》も、そう変わらないだろう。襟《えり》のついたノースリーブのシャツの下から、インナーがわりのタンクトップの裾《すそ》を覗《のぞ》かせている。なにかスポーツでもやっているのか、身体《からだ》は小気味よく引《ひ》き締《し》まり、キュロットパンツからのびる足は見るから

に健康そうだ。

「わたしは宮藤深衣奈《みやふじみいな》。この家で生まれた者よ」

いきなりそう言ってのけた少女は、唖然《あぜん》としている麻郁と樺恋の顔を見て、説明が必要だと思ったようだ。

「……って、突然、言ってもわかんないか。実は……」

「ちょっと待て」

麻郁は深衣奈の言葉を遮ると、

「あんた、もしかして捨て子で、拾われたとき身に着けてた写真に写ってた家を探して、ここにやってきたってんじゃないだろうな？」

「すっごぉーい……なんでわかったの？」

今度は、深衣奈が唖然とする番だ。

「あなた、ひょっとしてエスパー？」

「いや、そうじゃなくて、実は、こいつが……」

麻郁が樺恋を指さすと、深衣奈はそちらに顔を向け、

「えッ、こっちのコがエスパーなの？」

「ちがぁーうッ！」

こんなやり取りを繰《く》り返《かえ》していては、いつまでたっても話が進まないので、麻郁は自分の身

の上と、今日、樺恋《かれん》がここにくるまでのいきさつを手短に説明した。

「ちょ、ちょっと待ってよ」

話を聞き終えた深衣奈《みいな》は、立てた人差し指の先で自分と樺恋を交互に指しながら、

「それじゃあ、わたしとこのコ、どっちが写真に写ってた女のコなの？」

「俺《おれ》が知るかよ」

麻郁《まいく》が吐き捨てるように言う。すると、深衣奈は憤然《ふんぜん》として、

「そんな無責任な」

「なにが、無責任なんだよ」

「だって、そうでしょ。あなた、わたしたちのどっちかとは血がつながってるんだから、肉親の勘ってゆーか、テレパシーみたいなのでわかんないの？」

「無茶ゆーなよ」

さっきも言ったように、こっちはエスパーではないのだ。見ただけで、どちらが自分の肉親かなんてわかるはずがない。写真に写っていたのは、まだ目鼻立ちのはっきりしない年頃《としごろ》の幼女だ。それが十何年経《た》って、頭の中に脳味噌《のうみそ》のかわりに綿菓子が詰まってそうなぼんやりとした樺恋と、初めて外に連れ出された仔犬《こいぬ》のように落ち着きのない深衣奈のどちらになったのかなんて、わかりっこない。

「もぉッ、頼《たよ》りにならないわね」

腕を組んだ深衣奈が、小鼻を膨《ふく》らます。

「こうなると、考えられる選択肢は三つね」

深衣奈は樺恋のほうをジロリと横目で見ると、

「まず、あなたが出ていくか」

「えぇッ、そんなぁ～」

樺恋が情けない声をあげたが、深衣奈はそれを無視して先をつづける。

「わたしとあなた、どっちがこのひとと血がつながっているかわかるまで、とりあえず、ふたりともここにいる」

「おい、なに勝手なこと……」

抗議の声をあげた麻郁を、深衣奈は正面から見据《みす》えると、

「それとも、あなたが出ていくか」

「なんで、俺《おれ》が出てかなきゃなんねぇんだよ！」

麻郁は目を三角にして言うと、深衣奈の鼻先に指を突きつけた。

「それに、あんたが出て行くって選択肢はねーのかよ」

「ひっどぉーい！」

深衣奈が麻郁に、妊娠を告げた途端に態度を豹変《ひょうへん》させた男を見るような目を向ける。

「こんな夜中に、行くあてのないか弱い女のコを放り出すつもりなの？」

「どこが、か弱い女のコだよ」

普通、いきなりひとの家にあがり込んで、これだけ好き勝手をする生き物のことをそうは呼ばないだろう。深衣奈《みいな》も樺恋《かれん》とは違った意味で、たいしたタマのようだ。

「とにかく今の家主は俺《おれ》なんだからな。どうするかは俺が決める」

「うわ、エラソー」

そう言ってから、深衣奈が小声でぼそりとつけ足す。

「ピンク色のクセに」

「ナニがだ！」

「さぁ、なんでしょうねぇ～」

深衣奈の小馬鹿《こばか》にしたような言いぐさがよほど気に障ったのか、麻郁《まいく》は眉《まゆ》を吊《つ》りあげて、

「それじゃあ、おまえのはどうなんだよ？」

「ヤダ、それってセクハラ。サイテー」

「じゃあ、そっちが言うのはいいのか？」

と言ってから、麻郁は話の筋が変な方向にずれているのに気づくと、不意にがっくりとうなだれた。うつむけた顔を片手で支え、

「あーもぉー、頭痛くなってきた……」

樺恋ひとりでも、その扱いに頭を悩ましているところに、深衣奈までやってきて……その結

果、本当の肉親はどちらか、などという謎《なぞ》まで抱え込むハメになったのだ。頭が痛くなるのも当然だろう。

麻郁は顔をあげると、ヤケを起こしたように、

「よし！　とにかく、今日は、もう寝るぞ。どうするかは、明日《あした》、考える」

「ね、ね、それって、わたしもここに置いてくれるってこと？」

目を輝《かがや》かせて言う深衣奈に、麻郁がピシリと釘《くぎ》を刺す。

「とりあえず、今晩はな。そっから先のことは、また明日だ」

「ちぇッ、ケチ」

「ヤなら、今すぐ出てってもいいんだぜ」

立ち上がった麻郁が険しい目を向けると、深衣奈の顔にあせった笑みが浮かぶ。

「や、やぁーねぇ、嫌なはずないじゃない」

深衣奈はひとりで、うんうんとうなずきながら、

「そうね。やっぱり、先のことは、また明日、考えましょ。夜、考えごとすると蛇が出るってゆーし」

「言わねーよ」

「あはは、そだっけ？」

麻郁があきれたように、小さくため息をつく。

「あと、言っとくけど、布団は一組しかねぇからな」

「うわ、やらしー」

深衣奈《みいな》が眉《まゆ》をひそめると、和室を出て行きかけていた麻郁《まいく》が敷居《しきい》のところで振り向いて、

「なにがだよ?」

「だって、わたしたちと一緒に寝るつもりなんでしょ? 自分が真ん中で、両手に花ぁ~、とかって」

「一緒に寝るのは、あんたらだけだ」

「それじゃあ、あなたは、どうすんの?」

「毛布で寝るよ」

マットを剝《は》がしたあとの堅いベッドの上で、すり切れた毛布にくるまって寝る自分の姿を想像したのか、麻郁の顔にうんざりとした表情が浮かぶ。

「あ、意外と紳士」

「意外と、は余計だ」

麻郁は憮然《ぶぜん》とした顔で言うと、深衣奈に背を向けて、

「荷物取ってこいよ。玄関先に放り出したままだろ。それから、風呂《ふろ》、沸いてるから入りたいんだったら入れ」

残り湯を使った深衣奈が、パジャマに着替えて麻郁の部屋の隣《となり》の和室に入っていくと、そこにはすでに寝床が整えられていた。ベッドから剝がしてきたマットと薄《うす》い掛け布団。枕《まくら》のかわりに、二つ折りにした座布団がふたつ並んでいる。よほど疲れているのか、枕元に座った樺恋《かれん》は、こっくりこっくりと船を漕《こ》いでいた。

「んにゃ……」

ひとの気配に気づいたのか、顔をあげた樺恋が深衣奈に寝ぼけまなこを向ける。

「お風呂、どうでした？」

「いいお湯だったわよ」

深衣奈は襖《ふすま》を閉めると、寝床を挟んで、樺恋と向き合う位置に腰をおろした。

「それより、眠いんだったら、先に寝てればいいのに」

「はぁ……」

樺恋が曖昧《あいまい》な表情を浮かべると、深衣奈はそれに微笑《ほほえ》みかけて、

「でも、待っててくれてありがと」

樺恋の顔に、気恥ずかしさと、ほのかな喜びがないまぜになった色がにじんだ。

「じゃあ、寝よっか」

「はい」

部屋の照明を消すと、ふたりは仲よく、ひとつの布団にもぐり込んだ。

「深衣奈《みいな》さん」

深衣奈が目を閉じると、樺恋《かれん》があたりをはばかるように小さな声で、

「この布団、男のひとの匂《にお》いがしますね」

「そりゃあ、アイツがずっと使ってたのだからね」

「これって、お兄ちゃんの匂いってことになるんでしょうか？」

深衣奈は目を閉じたまま、小さく吹き出した。

「あるいは、弟の匂いかもね。それとも……」

全然、他人の男のコの匂い――。

深衣奈と樺恋は申し合わせたように同じことを思い浮かべたが、それを口に出さないまま、深い眠りの淵《ふち》へと意識を沈めていった。

第2章　しあわせの音

「あ、おはようございます」

寝ぼけまなこをこすりながら麻《ま》郁《いく》がダイニングに入っていくと、テーブルに皿を並べていた樺恋がその手を止めて、朝の挨拶《あいさつ》をした。その声で、キッチンに立っていた深衣奈が顔だけを振り向かせる。

「おはよ。お台所、勝手に使わせてもらってるわよ」

コンロが二口あるガス台には蓋《ふた》をしたフライパンと、蒸気を噴《ふ》きあげるヤカンが並べて火に掛けられていた。胸当てのついたエプロンを着けた深衣奈は、ちぎったレタスの葉を蛇口から勢いよくほとばしる水で洗っている。彼女も樺恋もパジャマから昨日《きのう》着ていた服に着替えていて、麻郁ひとりが寝間着がわりのタンクトップにジャージというだらしない格好だ。

「いったい、なにやってんだ、おまえら?」

「なにって、朝食の用意に決まってるでしょ」

深衣奈は、見てわからないのと言いたげな口調で言うと、カランをひねって水を止めた。濡《ぬ》れた手のままガス台の前に行くと、蓋をちょいと持ちあげて、フライパンの中のものの焼け具合を確かめる。

「朝食の用意？」

なるほど確かに、今、彼女たちがしていることはそれに間違いないだろう。しかし……。

寝起きでうまく頭がまわらない麻郁《まいく》が、なんとか事態を把握しようとしていると、深衣奈《みいな》がグズな子供を叱《しか》りつけるように、

「ほら、ボサッと突っ立ってないで、さっさと顔洗ってきて」

「いや、でも……」

麻郁の言葉を遮るように、テーブルの真ん中に置かれたトースターからキツネ色になったトーストが、ポンと飛び出した。

「パン、焼けたから、早くしてくださいね」

と樺恋《かれん》に笑顔で促され、麻郁はやむなく洗面所に向かう。冷たい水で顔を洗って戻ってくると、茶の間の座卓にはすっかり朝食の用意が調えられていた。皿には、レタスを添えたベーコンエッグ。マグカップは熱いコーヒーで満たされ、芳《こう》ばしい匂《にお》いが湯気と一緒に漂ってくる。顔を洗っても消え失《う》せていないところをみると、どうやら夢ではないようだ。

深衣奈も樺恋もすでに座卓のまわりに腰をおろしていて、彼女たちの前にも、ベーコンエッグの皿とコーヒーのカップがあった。樺恋はモタモタした手つきで、こんがり焼けたトースト

にマーガリンを塗ると、自分の正面に座った麻郁にそれを差し出し、

「はい、どうぞ」

サンキューと、口から出そうになったのを奥歯で噛《か》みつぶすと、麻郁はトースト片手に、もう一方の手でマグカップを取りあげた。目覚めを促す香りに鼻孔をくすぐられつつ、ブラックのままコーヒーに口をつける。

「あ、うまい」

思わず漏れた賛辞に、深衣奈は得意げに鼻を蠢《うごめ》かし、

「そうでしょ」

「これ、うちにあった粉か？」

スーパーマーケットで安売りしていたのを買ったせいか、妙に酸味がきつくて閉口していたのだが、それとはまるで別物の深い味になっている。

「そうよ」

深衣奈は自分のカップを取りあげると、芳《こう》ばしい湯気を、すぅッと吸い込んだ。

「淹《い》れ方に秘密があるの」

「どうやるんだ？」

「ダメよ。これは秘伝なんだから、そう簡単には教えられないわ」

と、もったいをつけると、深衣奈は麻郁の様子を窺《うかが》いながら、

「もっとも、わたしをここに置いてくれるなら、毎日でも淹《い》れてあげるけど」

「………」

深衣奈《みいな》の視線を冷たい目で跳ね返すと、麻郁《まいく》は無言でトーストにかぶりついた。

ちょっと、あせりすぎたかな?

深衣奈は心の中で舌打ちをした。しかし、めげずに、

「卵、半熟でよかった?」

「あ、ああ……」

トーストを頰《ほお》ばった麻郁が、口をもぐもぐさせながら曖昧《あいまい》な返事をする。コーヒーを飲んで頭がハッキリしたせいか、ようやく彼女たちの魂胆が見えてきた。こうして朝食の用意をすることで、自分たちとの同居のメリットをアピールするつもりなのだろう。

そうはいくか。

変に依怙地《いこじ》な気持ちになった麻郁が、険しい顔でベーコンエッグに手をつける。昨晩、樺恋《かれん》の殺人的にまずい料理を食べたせいで、最初は口をつけるのに少しためらいがあったが、深衣奈の作ったベーコンエッグは塩コショウの加減もよくて、なかなかの味だった。それとトーストを、ぺろりとたいらげてしまうと、マグカップに残っていたコーヒーを味わいながらゆっくりと飲む。さして量を食べたわけでもないのに、久しぶりの人間らしい朝食に、麻郁は腹をさすりたいほどの満足を感じていた。

マグカップがカラになると、深衣奈はそれを目ざとく見つけ、

「コーヒー、おかわりいる？」

「いや、いい」

深衣奈の淹れるコーヒーには強い誘惑を感じたが、麻郁はそれを断ち切るような硬い声音で言った。

「それより話がある」

年端のいかない子供のように危なっかしい手つきで、朝食をのろのろと口に運んでいた樺恋の手が止まる。

「話って、なに？」

緊張《きんちょう》を押し隠した深衣奈が、さりげないふうを装って訊《き》いた。

「写真のことだ」

「写真？　それって、わたしたちが持ってたヤツのこと？」

「そうだ」

麻郁は重々しくうなずいて、

「あんたら、おかしいと思わないのか」

「別に」

深衣奈はあっさり言い切ると、手にしていたコーヒーカップをそっと座卓に置いた。

「この家の前で、ちっちゃい頃《ころ》のわたしたちが写ってる……おかしいとこなんてないと思うけど」

「問題は、それが三枚あるってことだ。どう考えたっておかしいだろう？」

麻郁《まいく》が座卓を叩《たた》きかねない勢いで言う。すると、口の端を卵の黄身で汚した樺恋《かれん》がおずおずと、

「あ、あの……」

「なんだ？　なんか、考えがあんのか？」

樺恋の口から不可解な事態への合理的な説明が聞けるのかと思い、麻郁が彼女のほうに身を乗り出した。

「それって、焼き増ししたからなんじゃ……」

いや、そーゆーコトを言ってるんじゃなくて。

度を越した大ボケに、突っ込む気力も失せたのか、麻郁がげんなりとした顔をする。深衣奈《みいな》も、なんと言っていいのかわからないようで、曲げた人差し指で頬《ほお》のあたりをポリポリ掻《か》いていた。一方、樺恋は、自分の発言が、なぜ、そんな反応を引き起こすのか理解できないらしく、麻郁と深衣奈の顔を交互に見つつ、

「あのあの、わたし、なにかヘンなコト言いました？」

「とにかくだな……」

麻郁が場を仕切り直そうと口を開くと、そこへ深衣奈が横から割り込んでくる。

「ねぇ、なんで写真が三枚あるかなんて、どうでもいいじゃない」

「よくねーよ」

「写真に写ってた男のコは、まず間違いなく、あなた」

深衣奈は麻郁の顔に指を突きつけると、つづいて自分の鼻先を指す。

「そして、隣《となり》の女のコはわたし」

と言い切ってから、なにか言いたげな樺恋の顔を横目で見て、

「……か、このコ。つまり、わたしたちのどっちかはあなたの肉親で、どっちかは赤の他人」

どちらかが肉親で、どちらかが赤の他人――。

麻郁は深衣奈の顔から樺恋の顔へと視線を移し、再びそれを深衣奈の顔に戻した。

「要は、わたしとこのコ、どっちがあなたと血がつながってるか、それがわかればいいんでしよ」

「ま、まあな」

確かにそれがわかれば、写真が三枚あることなど些末《さまつ》なことだ。

深衣奈は話が一区切りついたところで、今ひとつ、納得していない様子の麻郁に、

「ところでさぁ、あなたの学校って、ここから近いの？」

「いや、そんなに近くはねぇけど」

「だったら、いつまでものんびりしてちゃマズイんじゃない？」

「ヤベッ！」

麻郁《まいく》はあわてて茶の間を飛び出すと、足音荒く階段を駆けあがった。それから五分と経《た》たないうちに、制服に着替えて、再び茶の間に顔を出す。

「ほらほら、急がないと遅刻するわよ」

深衣奈《みいな》が二杯目のコーヒーをのんびり啜《すす》りながら言う。一瞬《いっしゅん》、麻郁のこめかみに青筋が浮いたが、すぐに、つまらない諍《いさか》いをしている暇はないと思い直し、

「いいか、あんたらふたりとも、今日は家から出んなよ」

「えーッ、なんでぇ？」

深衣奈がコーヒーカップから口を離《はな》して、唇を尖《とが》らせる。

「あんたらがウチから出入りするとこ見られて、ヘンな噂《うわさ》でも立ったらどうすんだ」

「ヘンな噂って？」

「だから、その、女のコ引っ張り込んで、同棲《どうせい》してるとかなんとか……」

「きゃはははははッ」

深衣奈は麻郁の心配を笑い飛ばすと、

「なに、それ？　ちょっと神経質すぎるんじゃないの」

保護者のいない高校生のひとり暮らしということで、麻郁は学校側から他《ほか》の生徒以上に素行

を注目されていた。もし、なにか大きな問題を起こしたら、最悪の場合は、かつて世話になっていた施設に逆戻りという可能性もある。神経質にもなろうというものだ。

「なんでもいいから、家でおとなしくしてろ。わかったな！」

麻郁はそう言い捨てると、バックパック片手に玄関へと向かう。遅刻しないためには、今日もスクーターに乗って行くしかないな、と思いながら三和土《たたき》でスニーカーに足を突っ込んでいると、玄関まで出てきた樺恋《かれん》が背後から、

「あの、これ」

振り向いた麻郁のほうに、小さな包みが差し出される。

「なんだ？」

「お弁当です」

「弁当……」

口の中でそうつぶやいてから、麻郁はひとつの恐ろしい可能性に気づいた。

「ひょっとして、あんたが作ったのか？」

樺恋が小さくうなずく。昨日《きのう》食べた樺恋の料理の殺人的な味を思い出したのか、麻郁の顔にあからさまに嫌そうな色が浮かぶ。樺恋はその表情が意味するものを読みとると、

「あ、あの、頑張ったんで、昨日のよりはうまくできた、と、思い……ます」

言葉とは裏腹に、口調はひどく自信なさげだ。麻郁は差し出された包みに背を向けて、家を

出たい誘惑に駆られた。だが、樺恋《かれん》の左手の人差し指と薬指にバンドエイドが巻きつけてあるのに気づくと、やむなく、彼女の持つ包みに手をのばす。この弁当は、樺恋なりに一生懸命《けんめい》に作ってくれたもののようだ。受け取らないわけにはいかないだろう。麻郁《まいく》は弁当の包みをバックパックの中に押し込むと、樺恋に背を向け玄関の引き戸を開けた。

「あの……」

「なんだよ？　まだ、なんかあんのか？」

麻郁が面倒臭そうに振り向くと、樺恋はニッコリ笑って、

「いってらっしゃい」

「おい、あんまくっつくなよ」

麻郁は黒板の字をノートに書き写しながら、暑苦しいほどべったりと身を寄せてくる島崎康生《しまざきこうせい》に小声で言った。今は現代国語の授業中。教壇《きょうだん》に立っているのは、このクラスの担任でもある風見《かざみ》みずほだ。

「どうしてだい？　そうしないと、教科書が見えないよ」

麻郁の抗議をものともせず、隣《となり》の席の康生はますます身体《からだ》をすり寄せてくる。襟《えり》に掛かるほどうしろ髪をのばした康生は、絶世の……とまではいかないが、学校の廊下ですれ違えば、まず大抵の女子は名前とカノジョの有無を知りたくなるほどの美形だった。そしてまた、絵本の

中に出てくるような王子様の衣装が違和感なく似合う、どこか浮き世離《ばな》れした雰囲気の持ち主でもあった。

鞄《かばん》ごと、なにもかも家に忘れてきたので、授業中、教科書を見せてほしい——そう頼《たの》まれたとき、相手が康生でなければ、麻郁は冗談だと思っただろう。しかし、康生は本当に手ぶらで学校にきたらしく、教科書を見せるのはもちろん、ノートも筆記用具も麻郁が貸してやらねばならなかった。

「だいたい、忘れ物するにしても、鞄ごと忘れてくるってのは、どーゆー了見だよ」

と、麻郁が毒づくと、康生は不意に瞳《ひとみ》を輝《かがや》かせ、

「それはね、麻郁クン。今朝《けさ》はキミのことばかり考えていて、頭がいっぱいになっていたからさ」

「やめろ、気色悪い」

「ひどいなぁ、麻郁クン。隣《となり》同士なんだから、もっと仲よくやろうよ」

この学校の教室の机は、横長のものをふたり一組で使う、いささか古めかしいタイプのものだ。同じ机を半分に分けて使う仲なのだから、仲よくするのはいいとしても、こんなふうにベタベタされては鬱陶《うっとう》しくてかなわない。

「いやぁ、今朝はバナナを見ても、ちくわを見ても、極太のマジックを見ても、キミのことを思い出して大変だったよ」

「ヘンなモン見て思い出すな！」

麻郁《まいく》が思わず大きな声を出すと、みずほがひとのよさそうな顔に精一杯、怖《こわ》い表情を浮かべて、

「神城《かみしろ》クン、静かに。今は授業中よ」

「すみません」

なんで、俺《おれ》が……と、麻郁が不満顔で謝ると、さっきのふたりの会話を漏れ聞いたのか、近くの女子がヒソヒソと囁《ささや》き合うのが耳に入ってきた。

「バナナだって」

「ちくわだって」

「しかも、極太……」

日頃《ひごろ》から康生《こうせい》が、なにかにつけてベタベタとつきまとってくるせいで、クラスメイトから変な目で見られているのに、さらにつまらぬ憶測《おくそく》を呼ぶことになってしまったようだ。

「怒られちゃったね」

「おまえのせいだろうが」

麻郁が怒りを押し殺した声で言う。しかし、康生は、どこ吹く風といった表情で、

「ひょっとして、先生、焼いてるのかな？」

「なんで、そうなるんだよッ！」

「神城クン！」

板書するため黒板に向かっていたみずほが、チョーク片手に振り向いた。また、叱《しか》られるのかと身を堅くした麻郁を、キッとにらみつけ、

「先生、焼いてなんかいませんからね」

「はぁ」

教室で、麻郁が、なんと返事をしたものか迷っている頃《ころ》、彼の家では、深衣奈《みいな》が大きくのびをしていた。

「うーん……」

雑巾《ぞうきん》でピカピカに磨《みが》きあげたガス台を見て、

「ここは、これでよしと」

ダイニングの引き戸を開けて、廊下に顔を出した深衣奈は、突き当たりのトイレに向かって声を掛ける。

「そっちは、どう？」

「はい～、終わりましたぁ～」

トイレ掃除をしていた樺恋《かれん》が、間延びした声で返事をする。

「それじゃあ、一休みしてお茶にしよっか」

深衣奈がそう言うと、トイレから出てきた樺恋はうれしそうに、

「あ、いいですね」

麻郁《まいく》が出掛けたあと、深衣奈《みいな》の提案で彼女と樺恋《かれん》は家の掃除をしていたのだ。もちろんこれは、今朝《けさ》の朝食の用意と同じく、自分たちとの同居のメリットを麻郁に知らしめようとする下心があってのことだ。

キッチンシンクで樺恋が念入りに手を洗っているあいだに、二階にあがった深衣奈がコンビニエンスストアのロゴが入ったビニール袋を提げて戻ってきた。彼女は、それをテーブルの上に置くと、

「これ、ここにくるときに電車の中で食べようと思って買ったお菓子なんだけど、余っちゃって」

「うわぁー、お昼ごはんの前におやつなんて、豪勢ですぅ」

袋の中を覗《のぞ》き込んだ樺恋が、目をキラキラさせて言う。

「大げさねぇ」

と言いながら、深衣奈は水を入れたヤカンを火に掛けた。

「いろいろありますけど、どれにします?」

袋の中を物色しながら樺恋が訊《き》くと、深衣奈は急須《きゅうす》に茶の葉を入れながら、

「なんでもいいわよ。好きなの選んで」

樺恋はしばらくのあいだ、どれにしようか迷っていたが、やがて、袋の中からチョコレート

とクラッカーでキノコを模したスナック菓子の箱を取り出した。

「これ、なんですか？　いっぱい、穴があいてますけど」

「え？　穴？」

沸いた湯を急須《きゅうす》に注《つ》ぎ終えた深衣奈が、ヤカンをガス台に戻して振り向く。樺恋が手にしたチョコスナックの箱には、蓋《ふた》の部分にボールペンの先かなにかで開けたとおぼしい穴が、シャワーの噴出口《ふんしゅつ》のようにたくさん並んでいた。

「あッ、忘れてたぁ～」

深衣奈はすっとんきょうな声をあげると、あわてて樺恋の手から箱を取る。その蓋を開けると、中にはスナック菓子のかわりに、マスコット人形のようなものが入っていた。手のひらに載るほどの大きさで、てっぺんの尖《とが》った水滴のような形をした頭に、それを支えるには、いささか頼《たよ》りない小さな身体《からだ》。両目は真ん丸な顔の直径上にあり、いやにあいだが離《はな》れている。白っぽい顔を除いて、ウェットスーツを着たような身体の表面は淡い黄色で、腹のところに赤いポケットらしきものがあり、尻《しり》からは先端に赤い玉のついたアンテナみたいに細いしっぽが生えていた。腰のまわりに浮き輪のようなものをはめ、小さな身体を箱の中に横たわらせている。

「死んじゃったかな？」

深衣奈が箱の中で横たわっているものを指でつつくと、それは閉じていた目をぱっちり開いた。

「あ、よかった。生きてるみたい」

むくりと身を起こしたそれは、左右を見まわしてから箱の中で立ちあがった。そして、まるで、重力などないもののように、ふわりと浮き上がって箱の中から出てくる。

「はわわ、なんですか、このコ？」

見たことのない生き物（？）に目を丸くする樺恋《かれん》に、深衣奈《みいな》は、なぜか得意げな表情で、

「これはね、昨日《きのう》、駅で見つけたの。ふわふわ飛んできたから、お菓子あげたらなつかれちゃって」

「いったい、なんなんですか？」

「さあ……珍しいから、とりあえず、カラになった箱に入れといたの」

「ひょっとして、宇宙人？」

「まさか。なんだかよくわかんないから、わたしは《不思議ちゃん》って呼ぶことにしたんだけど」

「それって、わたしと一緒ですぅ」

「え、なにが？」

「わたしも、みんなに不思議ちゃんって呼ばれてました」

「はは、そうなの……」

あまりにも納得できるネーミングに深衣奈が気の抜けた笑いを漏らすと、宙に浮いたまま物

珍しそうに周囲を見まわしていた《不思議ちゃん》が樺恋のほうへと寄ってきた。

「うわ、うわ、近寄ってきましたよぉ」

「大丈夫よ、別に嚙《か》みつきゃしないから……あッ、そうだ」

深衣奈は袋の中から、食べかけのプリッチ——スティック状のスナック菓子——の箱を取り出した。蓋《ふた》を開けて、焼き鳥の串《くし》を太くしたようなスナックを一本抜き取ると、それを見せびらかすように左右に振って、

「ほらほら、おいしーのがあるわよ」

「のぉーッ」

《不思議ちゃん》は呼び名どおりの不思議な声をあげると、深衣奈のほうに飛んできた。そして、プリッチの先端にかじりつくと、びっくりするほどのスピードで、それをポリポリ食べてしまう。

「このコ、これが好きみたいなのよね」

深衣奈はプリッチの箱を樺恋に差し出すと、

「あなたもやってみる？」

「はいッ」

樺恋はうれしそうにうなずくと、箱からプリッチを一本抜き取った。《不思議ちゃん》はそれを目ざとく見つけると、宙を泳いでやってくる。樺恋は《不思議ちゃん》がプリッチにかじ

りつくと、

「おいしいですかぁ」

「のぉ〜」

「それじゃあ、もう一本あげますね」

同じ《不思議ちゃん》同士、気が合うのか、樺恋《かれん》と謎《なぞ》の生物はすっかり仲よくなったようだ。

「ののぉー」

「え、まだ食べるんですか？　食いしんぼさんですね」

深衣奈《みいな》は自分で淹《い》れたお茶を啜《すす》りながら、

「そのコ、ちっこいクセにいっぱい食べるから、欲しがるままにあげてたら、おやつ全部食べられちゃうかもよ」

「それはダメですぅ」

こんなふうに、深衣奈と樺恋が楽しいお茶の時間を過ごしてから数時間後、学校では麻郁《まいく》が一大ピンチに直面していた。

ついに、このときがきたか……。

今は昼休み。いつもなら、昼食のパンを買うため購買部《こうばい》に足を急がせているところだ。しかし、今日は残念なことに、樺恋の作った弁当がある。麻郁は机の上に弁当の包みを出すと、しばらくのあいだ、それをじっと見下ろしていた。やがて、いつまでもこうしてはいられないと、ひとつため息をついてから、花柄のかわいらしい包みをほどく。中から現れた、楕円形《だえんけい》のランチボックスの蓋《ふた》を開こうとしたとき、突然、そばに走り寄ってきた康生《こうせい》が、

「麻郁クン！」

「なんだよ、デカイ声出すなよ」

麻郁はランチボックスの蓋に掛けた手を止めて、顔をしかめた。机を挟んで麻郁と向き合う位置に立った康生は、ランチボックスに突きつけた指を小刻みに震《ふる》わせて、

「そ、それは、女のコの手作り弁当……」

「なんで、女のコのってわかんだよ」

「そんなの見ればわかるよ！」

言われてみれば、確かにそうだ。ピンク色のプラスチックの蓋に赤いリボンをつけた仔猫《こねこ》のキャラクターがプリントされているのを見れば、これが女のコの持ち物であることがわかる。それを踏《ふ》まえれば、この弁当は女のコが麻郁のために作って持たせたと、考えるのが普通だろう。

そっか、この弁当箱、あいつのなんだ。

麻郁の脳裏に、今朝《けさ》、出掛けに弁当を渡してくれた樺恋の顔が浮かんだ。中身の恐ろしさにばかり頭がいって気づかなかったが、このランチボックスはあきらかに自分の持ち物ではない。

昨日《きのう》、道に迷っていた樺恋を家まで連れて行く途中、彼女は昼は自分で作った弁当を食べたと

言っていたが、それが詰められていたのがこのランチボックスなのだろう。もちろん、洗ってあるのだろうが、日頃《ひごろ》、女のコが使っているランチボックスから、そのコが使っていたのと同じ箸《はし》を使って弁当を食べるのかと思うと、なんだか落ち着かない気持ちになる。

「ひどいよ、麻郁《まいく》クン！　ボクとゆーものがありながら……」

あるから、どうだってんだ……と麻郁は思ったが、康生《こうせい》はなぜか、目に涙を浮かべると、

「麻郁クンのバカッ！」と叫ぶなり、くるりと背を向け、一目散に教室を走り出て行った。麻郁は唖然《あぜん》として、それを見送る。前からおかしなヤツだとは思っていたが、最近、その度合いがますます激しくなってきたようだ。梅雨《つゆ》時だけに、脳味噌《のうみそ》にカビが生えてきたのかもしれない。

やれやれ……と、心の中でため息をつきながら、ランチボックスの蓋を取る麻郁の耳に、女生徒たちが小声で囁《ささや》き交わすのが聞こえてくる。

「ね、ね、なにがあったの？」

「さあ……」

「島崎《しまざき》クン泣いてたわよ」

「ひょっとして、痴話喧嘩《げんか》？」

「……ってことは、あのふたり、やっぱりそーゆー関係なんだ」

「原因はなにかしら？」

「お弁当が、どうとか言ってたけど」

目にまぶたがあるように、耳にも同じような機能を持つものがついていればいいのにと思いながら、麻郁は、パッと見ただけでは、なんだかよくわからないものを箸でつまんで口に入れた。

ヴッ、マズイ……。

「さてと、そろそろお昼にしましょうか」

お茶のあと、掃除のつづきをしていた深衣奈《みいな》は、それが一区切りつくと、軒先で洗濯物《せんたくもの》を干していた樺恋《かれん》に声を掛けた。

「はい」

樺恋のほうもちょうど一段落したところらしく、開けっ放しの窓から縁側《えんがわ》へとあがってくる。

彼女と一緒にダイニングに入った深衣奈は壁《かべ》の時計を見ると、含み笑いを漏らして、

「そろそろ、あいつもお弁当食べてる頃ね」

「はあ」

樺恋が暗い顔で相槌《あいづち》を打つ。

「どしたの？　そんな顔して」

「あの、ほんとに深衣奈さんが言うようにうまくいくんでしょうか？」

「だいじょぶ、だいじょぶ。オトコってみんな、女のコの手作りには弱いんだからイチコロだって」

「でも、麻郁《まいく》さん、わたしのお弁当気に入ってくれないかも」

「心配ないって。あいつ、ひとり暮らしでロクなモン食べてなかっただろうから、少しぐらい出来が悪くったってバッチリよ」

「出来が悪いの、少しぐらいじゃないかもしれません」

「けど、料理得意だって言ってたじゃない」

「作るのは得意だけど、おいしくするのは苦手なんです」

「それって、得意って言わないんじゃないの」

「麻郁さんもそう言ってました」

「えッ、あいつ、あなたの料理食べたの？」

「はい。昨日《きのう》の夜」

「それで、なんて言われた？」

「マズイって言われました」

「うわ、なに、それ？　ひっどぉーい！」

樺恋《かれん》の作った料理を口にしたことのない深衣奈《みいな》は、麻郁の漏らした感想を直截《ちょくせつ》すぎるものと感じたようだ。

「あいつってば、ほんと、デリカシーないんだから……」

深衣奈は、目の前に麻郁がいたら、口元をギュッとつねりそうな顔でつぶやいてから、

「そうだ。試しに今日のお昼、あなたが作ってみてよ」

知らないというのは恐ろしいことで、彼女は樺恋の料理の腕前がいかほどのものか試してみる気になったようだ。

「えッ、わたしがですか？」

「うん。チャーハンでいいからさ」

樺恋の答えを聞く前に、深衣奈は冷蔵庫を開けて、必要な材料を取り出しはじめる。

「あの、ほんとにいいんですか？　後悔しても知りませんよ」

「大げさねぇ」

深衣奈は笑いながらチャーハンの材料を揃《そろ》えると、

「悪いけど、わたし、二階で自分の荷物の整理してるから、できたら呼んでね」

「わかりました」

と、樺恋が返事をしてから三十分後、呼ばれて二階からおりてきた深衣奈は茶の間に入ると、できたてのチャーハンが盛られた深皿がふたつ並んだ座卓を見おろして、

「なんだ、そんなにひどいカンジでもないじゃん」

と言って樺恋の向かいに腰をおろすと、皿のそばに用意されていたスプーンを取った。

「はい。見た目のほうは、今回、わりとうまくいきました」

エプロン姿の樺恋《かれん》は、自信なさげに目を伏せて、

「でも、味のほうは……」

「あのねー、チャーハンなんて、材料刻んでごはんと炒《いた》めるだけなんだから、まずくしようったって、そうそうまずくはならないモンよ」

深衣奈《みいな》は気安く請《う》け合《あ》うと、チャーハンをスプーンですくって口に運んだ。

「どうですか？」

樺恋がおそるおそる訊《き》くと、深衣奈は口の中のものを呑《の》み込《こ》んでからきっぱりと、

「マズイ」

「やっぱりぃ〜」

「ちょっと、これっていったい、どーゆーコトよ？」

深衣奈がスプーン片手に、目尻《めじり》に涙を浮かべた樺恋に詰め寄る。

「食べられるものばっか組み合わせて、なんで、こんな恐ろしいものが作れンの？」

「そんなのわかんないですぅ〜」

「わかんないって……」

思わず、腰を浮かし掛けた深衣奈だが、すぐに、こんなことで樺恋を責めても仕方ないと思ったのか、ため息をつくと、手にしたスプーンを深皿の中の、かつては食べられるものであっ

たなにかに突き立てた。そのまま、しばらく宙をにらんでから、

「家の仕事、あと、なにが残ってたっけ？」

深衣奈の正面で小さくなっていた樺恋が、目を合わせないようにして答える。

「お風呂《ふろ》と換気扇。あと、お庭の草むしりも」

「よし、それがすんだら、買い物に行きましょう」

「でも、勝手に出掛けたら、麻郁《まいく》さんに怒られるんじゃ……」

「家からの出入りに気をつければ大丈夫よ」

深衣奈は麻郁の言いつけなど、ハナから守る気はないようだ。

「それより、あなた、お金持ってる？」

「はい。少しだけですけど」

「わたしもちょびっとならあるから、それで晩ご飯の材料買いましょ。わたしが腕をふるうから、とびっきりのごちそうを作って挽回《ばんかい》するしかないわね」

「わかりました。わたしも頑張ります」

いつまでも落ち込んでいてもしょうがないと思ったのか、樺恋も顔をあげて、両手で握りこぶしを作る。深衣奈は軽くうなずくと、人差し指で座卓の上の深皿を指し、

「それじゃあ、まずはふたりで、これを片づけましょうか」

「あら、神城《かみしろ》クン」

学校からの帰り道、近くのスーパーマーケットで買い物をしていた麻郁《まいく》は、背後から呼び止められて振り向いた。

「会長……」

自分と同じようにプラスチックの籠《かご》を提げた森野《もりの》苺《いちご》が商品を陳列した棚と棚のあいだに立っているのを見て、麻郁が目をまるくする。

「夕飯のお買い物？」

「ええ、まあ」

麻郁の持つ籠の中には、ふたつ割りにしたキャベツと袋入りのインスタントラーメンの半ダースパック、それにツナ缶がいくつか入っていた。一目で、日頃《ひごろ》の食生活の貧しさがわかる品々だ。

「会長は？」

「わたしは、これの買いだめ。安売りしてたから」

そう言う苺の籠の中には、生理用品がみっしりと詰められている。見てはいけないものを見た気がして、顔を赤らめた麻郁にはおかまいなしに、

「これで、多い日も安心」

「そ、そうですか」

なんと答えたものかわからなくて、思わず、半歩退いてしまった麻郁の背中に、誰《だれ》かが軽くぶつかった。

「あッ、すみません」

謝る声に振り向いた麻郁が、相手の顔を見た途端、驚《おどろ》きの声をあげる。

「あッ！　おまえら……」

さまざまな食材をてんこ盛りにした籠を両手で提げていた樺恋《かれん》と、そこに、さらになにかを入れようとしていた深衣奈《みいな》。思わぬ遭遇にふたりは顔をひきつらせ、

「麻郁さん！」

「なんで、こんなとこに……」

「そりゃあ、こっちのセリフだ」

麻郁はそばに苺がいることも忘れて、言いつけを破ったふたりに噛《か》みついた。

「うちでジッとしてろって言っただろ」

「いいじゃない、買い物に出るぐらい」

と深衣奈が唇を尖《とが》らせる。

「よかねーよ」

「なんでよぉ？」

「なんでもだ」

「うわッ、なんかエラソー」

「偉いんだよ、家主なんだから。おまえら居候なんだから、ちっとは俺《おれ》の言うこと聞けよ」

「えッ、居候?」

深衣奈《みいな》は瞳《ひとみ》を輝《かがや》かせると、

「それって、わたしたちを家に置いてくれるってこと?」

「ちげぇーよ」

麻郁《まいく》が深衣奈に向かって吐き捨てるように言う。すると、彼の背後から、

「じゃあ、どういうこと?」

「どーゆーコトって……」

なにか言葉を返そうとした麻郁は、質問を発したのが目の前の深衣奈でも樺恋《かれん》でもないことに気づいて身体《からだ》を堅くした。首の関節が錆《さ》びついたようにぎこちなく振り向くと、これまでの一部始終を見ていたらしい苺《いちご》が、相も変わらぬ無表情な顔で、こちらを見あげている。

「いや、あの、これは……」

うろたえた麻郁の肩越しに苺の姿を認めた深衣奈は、

「あら、誰《だれ》、そのコ?」

「誰って、その……」

「あ、ひょっとしてカノジョ?」

「な、な、なに言ってんだ！　ンなコトあるか！」

とんでもないことを言う深衣奈に向かって、麻郁が唾《つば》を飛ばして否定する。だが、深衣奈はそんな麻郁の態度を、図星を指されたためと勘違いしたらしい。

「あーッ、やっぱりそうなんだ。マジメ腐った顔してるクセに、案外、隅に置けないわね。こおーの、むっつりスケベ」

「誰が、むっつりスケベだ」

「ね、彼女、わたしたちにも紹介してよ」

「なんで、そんなこと……」

「いいじゃない。ひとつ屋根の下に住んでる仲なんだからケチケチしないでよ」

「そうじゃなくてだな」

「名前、なんてゆーの？　歳はいくつ？　同じ学年じゃないよね？……ってことは、中学生？」

初対面なので無理もないこととは言え、深衣奈は苺を麻郁や自分たちより年下だと思い込んでいるようだ。

「バカ、なんてこと言うんだ」

「えッ、中学生じゃないの？　それじゃあ、小学生？」

最悪の事態に、麻郁は頭を抱えてしゃがみ込みたくなった。できれば、このまま消えてしまいたい。

「うわー、うわー、それって犯罪だよ。麻郁《まいく》って、ロリコンだったんだぁ」

おそるおそる苺《いちご》の様子を窺《うかが》った麻郁は、彼女の全身から黒いオーラが立ちのぼっているのを感じてうなじの毛をそそけ立たせた。顔の筋ひとつ動かしてはいないが、ハムスターぐらいの小動物ならそばを通っただけで昏倒《こんとう》しそうな、暗く冷たい負の波動が小柄な身体《からだ》を包んでいる。

しかし、深衣奈《みいな》はそうしたものにまったく気づかないらしく、

「昨日《きのう》の晩、襲《おそ》ってこないと思ったら、そーゆーコトだったんだ」

「えッ、どーゆーコトなんですか？」

今ひとつ事態が呑《の》み込《こ》めてない様子の樺恋《かれん》がのほほんとした顔で訊《き》く。

「つまり、アレよ。生えてるとダメとか、そーゆーのよ」

「生えてるとダメ？　それって、なにが？」

「だぁかあらぁ……」

声をひそめた深衣奈の説明を聞いていた樺恋の顔に、驚《おどろ》きの色がひろがる。

「でも、それってヘンタイ……」

「シッ！　いくらなんでも、面と向かって言っちゃマズイわよ」

「おまえら、いい加減にしろ！」

ついに堪忍袋の緒を切らせた麻郁が、店中の客が振り向くほどの大声で怒鳴った。ビクッと

身をすくめた樺恋と深衣奈に、

「このひとは俺《おれ》の高校の先輩《せんぱい》で、生徒会長の森野《もりの》さんだ」

「ウソ」

深衣奈が啞然《あぜん》とした顔でつぶやいた。

「神城《かみしろ》クン」

苺は深衣奈と樺恋を等分に見てから、

「このコたち、あなたと一緒に住んでるの？」

「え？」

「だって、居候とか、ひとつ屋根の下とか」

「いや、その、それは……」

麻郁の額に冷や汗がにじむ。

「し……親戚《しんせき》なんです。ずっと、ずっと遠縁《とおえん》の。実は、その、先日、彼女たちの家で不幸があって、ふたりとも俺しか頼《たよ》る相手がいなくなって……それで、しょうがないから、しばらく俺ンとこで預かることになったんです」

あきらかに嘘《うそ》臭い麻郁の説明を聞き終わると、苺は少し不自然に思えるほどの間をあけてから、

「そうなの」

ダメだ、ぜんぜん信じてない。

麻郁《まいく》の顔に暗澹《あんたん》たる表情が浮かぶ。

「会長、変に誤解されたくないんで、このこと誰《だれ》にも……」

「もちろんよ。絶対、誰にも言わないわ」

苺《いちご》のきっぱりとした返答に、本来なら、ホッと胸をなでおろすべきところなのに、麻郁はなぜか、底知れない不安を感じていた。


「ちょっとぉ、なに怒ってんのよぉ」

スーパーマーケットから大股《おおまた》で出てくる麻郁のあとを追いながら、深衣奈《みいな》が唇を尖《とが》らせる。

「あの説明でカイチョーさんも納得してたみたいだし、なにも問題ないじゃない」

うっかり口を開けば、怒りに満ちた言葉が飛び出しそうで、麻郁は無言で店の前に停《と》めてあったスクーターに近寄った。ヘルメットをかぶり、買い物の袋を片手にシートに跨《また》がると、内心の憤《いきどお》りを表すように勢いよくアクセルをふかす。

「あッ！」

深衣奈は動き出したスクーターのあとを二、三歩追いかけながら、

「ちょっとッ！　わたしたちほっといて、行っちゃうつもり？」

「麻郁さん！」

食材で大きくふくらんだスーパーマーケットの袋を提げた樺恋《かれん》も声を掛けたが、麻郁は振り向きもせずにスクーターのスピードを上げ、ふたりから遠ざかっていった。

薄曇《うすぐも》りの空の下、両側をビニールハウスに挟まれた道を歩きながら樺恋が言うと、深衣奈は少しあいだを置いてから、

「麻郁さん、怒ってましたね」

「そうね」

「やっぱり、さっきのはちょっとマズかったんじゃないでしょうか」

「うッ、まあ、確かに」

スーパーマーケットでの一幕を脳裏に甦《よみがえ》らせて、深衣奈が気まずそうな顔をする。しかし、すぐにそれを振り払うように、

「でもさぁ、なにもひとりで帰っちゃうことないんじゃない？」

「はぁ」

樺恋が賛同のニュアンスが薄そうな曖昧《あいまい》な返事をする。

「荷物持ってる女のコほっといて、自分だけバイクで行っちゃうなんてヒドイよね」

深衣奈が同意を求めるように言ったが、それに対して樺恋は返事をしなかった。黙《だま》り込んでしまったふたりの頭上で、トンビがゆっくりと輪を描く。細い用水路に架けられたコンクリー

トの橋を渡ると、道が未舗装《みほそう》になった。

「深衣奈《みいな》さん」

樺恋《かれん》が思い詰めた顔で、半歩先を行く深衣奈に声を掛ける。

「なに？」

「麻郁さん、わたしたちのこと、迷惑なんでしょうか？」

深衣奈は歩調をゆるめもせずに、さらりと、

「そりゃ、迷惑だろうね」

「そう、ですよね」

樺恋の目線が足元に落ちる。深衣奈は前を向いたまま、

「いきなりやってきて、肉親かもしれないから一緒に住ませてくれなんて、無理もいいとこだよね」

「…………」

「でもさ、無理だってわかってても、迷惑だってわかってても、どうしてもそうしたかった。自分の家に……自分の生まれたところに帰ってきたかった」

深衣奈はそこで一旦《いったん》言葉を切ると、樺恋のほうを見た。

「これってわがままかな？」

「わがままだと思います」

身も蓋《ふた》もない答えに、深衣奈の顔にほろ苦い笑みが浮かぶ。

「はっきり言うわね」

「けど、わたしも同じです。深衣奈さんと一緒のこと考えてました。自分の家に帰りたいって」

うつむいた樺恋の目元が、前髪の陰に隠れた。

「でも、それって違うんですよね。生まれたところには戻ってこれても、自分が生まれたときに戻れるわけじゃないんですよね」

「ハッキリ言っちゃうんだ」

それからしばらくのあいだ、ふたりは無言で歩を進めた。ほどなくして湖岸沿いの道に出ると、湖のほうから心地よい風が吹いてくる。深衣奈は、ふと足を止めると、ガードレールのそばまで行って、湖に目を向けた。樺恋も彼女のそばに立つと、凪《な》いだ湖面が雲間から顔を覗《のぞ》かせた太陽の光を反射してきらめくのに目を細める。

「いい眺めですね」

樺恋が長い髪を風になぶらせながら言う。深衣奈は対岸の緑の山並みに目を向けたまま、

「ほんとねー」

「お母さんも買い物の行き帰りとかに、この景色を見てたんでしょうか」

「たぶんね」

言葉少なに答えた深衣奈の脳裏に、ゆるく蛇行する湖岸沿いの道を歩く女性の姿が浮かんだ。

彼女の押す乳母車《うばぐるま》には、青い目をした男女一対の双子が乗せられている。穏やかな日射し、爽《さわ》やかな風《ひざ》。荷物をなにも持っていないところをみると、これから買い物に行くところなのだろう。あるいは、気候のよさに誘われて、子供たちを連れて散歩に出たのかもしれない。

湖のほうに目を向けていた深衣奈《みいな》は、自分のうしろをなにかが通り過ぎたような気がして、あわてて振り向いた。

「どうしたんですか？」

樺恋《かれん》が怪訝《けげん》な顔で訊《き》く。深衣奈は軽く頭を振って、

「なんでもないわ」

「そうですか……」

深衣奈は湖に目を戻すと、手に提げていたビニール袋を足元に置いた。ガードレールの縁《ふち》に両手を置くと、そこから身を乗り出して、

「この景色、しっかり目に焼きつけておかなくちゃね」

まるで、これで見納めだと言わんばかりの深衣奈の言葉。だが、樺恋はそれを不審《ふしん》に思う様子もなく、

「そうですね。それで、いい思い出にしましょう」

「うん、上出来」

鍋《なべ》のシチューを味見した深衣奈は満足そうにつぶやくと、コンロの火を止めた。

これで、よしと……。

なけなしの持ち金をはたいて買った材料で作った料理が並ぶテーブルを見ながら、エプロンをはずす。鶏《とり》の唐揚げの甘酢掛け、肉じゃが、ツナサラダ。どれも、腕によりをかけて作った自信作だ。

でも、ふたりで食べるには、ちょっと多すぎたかな？

そう思いながら換気扇を止めると、途端にあたりが静かになった。重苦しいぐらいの静寂が、温かな料理の匂《にお》いとともにダイニングを満たす。深衣奈ははずしたエプロンを片手に天井を見た。

あのコ、まだ、荷物の整理してんのかしら？

買い物から戻って夕飯の用意をはじめたとき、なにか手伝いたそうな顔でキッチンをうろついていた樺恋を、「ここは、わたしがやるから」と追い払ったら、彼女は「それじゃあ、荷物の整理をしてきます」と言って二階にあがってしまったのだ。あれから結構、時間が経《た》つが、樺恋は、まだ二階からおりてこない。そう大した荷物があるとも思えないが、彼女のことだから、きっと、そばで見ていたら苛立《いらだ》たしいほどの手際の悪さで、モタモタとやっているのだろう。なんにしろ、今、樺恋と顔を合わせないですむのはありがたい。深衣奈は夕食の用意が調ったダイニングを出て、階段を二階へあがっていった。麻郁《まいく》の部屋の前に立つと、ぴったりと閉ざされた引き戸を軽くノックする。しかし、中からの返事はない。いないのかと思ったが、よくよく耳をすませると、薄《うす》い引き戸の向こうから、微《かす》かにキーボードを打つ音が聞こえてくる。

「まだ、怒ってるんだ」

深衣奈《みいな》は返事がないのを、そう解釈すると、

「じゃあ、このままでいいから、ちょっとだけ聞いて」

閉ざされたままの引き戸と向き合った深衣奈の顔は、これまでになく思い詰めたものだった。

「わたしね、やっぱり帰ることにしたの。いろいろ迷惑掛けてごめんね。でも、ひょっとしたら血がつながってるんじゃないかって思うと、ちょっと甘えたくなっちゃって……あ、わかってる。そんなの、こっちの勝手な思い込みだってこと。そっちにしてみりゃ、ほんと、いい迷惑だったよね。そのお詫《わ》びってわけじゃないけど、晩ご飯作っといたから、冷めないうちに樺《か》恋《れん》と食べて。あ、わたしひとりで作ったから、味は大丈夫。それから、おいしいコーヒーの淹《い》れ方だけど、メモして冷蔵庫のドアに貼《は》っといたから」

深衣奈はそこで一旦《いったん》言葉を切ると、声が震《ふる》えそうになるのを抑えるために、小さく深呼吸した。

「それじゃあ、これでさよならするね。たった一晩だけど、自分の生まれた家に泊まれてうれしかった。そっちはヤだったろうけど、わたしは、か……家族と一緒だったみたいで、とって

も楽しかった……」

　か細くなった深衣奈の声が途切れても、部屋の中からはなんの反応もない。それでも深衣奈は、なにかを期待するように引き戸の前に立っていた。しかし、いつまで経《た》ってもその向こうから彼女に声は掛からない。深衣奈はとうとうしびれを切らせ、

「ねぇ！　怒ってるのはわかるけど、なにか言ってよ。止めてくれるとは思ってないけど、最後なんだから顔ぐらい見せてくれたっていいでしょ！」

　ヤケを起こしたように叫んで、ガラリと引き戸を開ける。

「あれ？」

　部屋の中は、照明が消されていて薄暗《うすぐら》かった。一瞬《いっしゅん》、部屋の主は寝ているのかと思ったが、だとすると、さっきまでキーを打つ音が聞こえていたのがおかしい。その疑問は、手探りで部屋の照明をつけると同時に氷解した。

「あ、《不思議ちゃん》」

　部屋の中に麻郁《まいく》の姿はなく、かわりに、パソコンのキーボードの上に、深衣奈が拾ってきた謎《なぞ》の生物がいた。そいつはなにが楽しいのか、バレエでも踊るように、きれいに並んだキーの上を軽やかな足取りで行ったりきたりしている。どうやら、深衣奈が麻郁が仕事をしている音だと思ったのは、この生き物が立てていたようだ。

「なんだ、あんただったの」

「のッ」

《不思議ちゃん》が挨拶《あいさつ》をするように、深衣奈《みいな》に向かって手をあげた。

「でも、それじゃあ、あいつはどこに……」

深衣奈が部屋の中を見まわすと、マットを剝《は》がされたベッドの上に弁当の包みが放り出してあった。なにげなく、それを手に取ってみる。

あ、軽い。

深衣奈は弁当の包みを軽く振ってみた。すると、中がからっぽなのを告げるように、ランチボックスに添えられたケースに入った箸《はし》だけがカシャカシャと鳴る。

お弁当、全部食べたんだ……。

なにか、肩すかしを喰《く》わせられたようで、すぐには考えがまとまらず、ボーッとなってしまった深衣奈に、再び《不思議ちゃん》が声を掛けてきた。

「のぉ〜」

《不思議ちゃん》はコンピューターデスクのそばにある窓の前に、ふわふわと浮いていた。その窓からは、この家の玄関先が見おろせる。そちらに顔を向けた深衣奈の目が、玄関の引き戸を開けて、家の中から出てきた樺恋《かれん》の姿を捉《とら》えた。おそらく、深衣奈が麻郁の部屋に入ったのと入れ替わるように、隣《となり》の和室から階下へおりて行ったのだろう。樺恋は白い帽子をかぶり、手には古ぼけたトランクを提げている。深衣奈はそれを見て、彼女も自分と同じ決心をしていたことを悟ると、弁当の包みを持ったまま部屋を飛び出した。階段を転がるように駆けおりて、三和土《たたき》に揃《そろ》えてあったスニーカーに足を突っ込む。きちんとはかずに、踵《かかと》を踏《ふ》んづけたまま玄関から飛び出すと、樺恋は湖岸沿いの舗装路《ほそうろ》へとつづく坂道をのぼりきったところだった。深衣奈が声を掛けようとした矢先、道路の端に立った樺恋の目の前に、薄闇《うすやみ》を突き破るようにして、スクーターのヘッドライトが迫ってきた。

危ない！

深衣奈が思わず目を閉じたのと同時に、急ブレーキの音が響きわたる。

「はわッ！」

すっとんきょうな悲鳴をあげて、樺恋がぺたんと尻餅《しりもち》をつく。スクーターはきわどいところで停《と》まったようだ。あとほんの少しブレーキのタイミングが遅れていたら、樺恋と接触していたかもしれない。

「あぶねーだろッ！」

スクーターに跨《また》がっていた麻郁《まいく》が、顔中を口にして怒鳴った。樺恋は道路にへたり込んだまま首をすくめる。

「あんたは、なんで、いつもボーッとして……」

言葉の途中で、麻郁は樺恋が帽子をかぶり、トランクを手にしていることに気づくと、

「どこ行くつもりだ？」

「麻郁《まいく》さんは、どこに行ってたんですか？」

逆に樺恋《かれん》に訊《き》かれると、麻郁はなぜか、気まずそうな顔をした。

「ちょっと買い物だ」

ぶっきらぼうに答えてから、樺恋がまだ、先にした自分の質問に答えていないのに気づくと、

「質問は、俺《おれ》がしてんだ」

樺恋はゆっくりと立ち上がったが、顔をうつむけて返事をしない。

「出てくつもりなのか？」

樺恋の答えを聞くまでもなく、麻郁は彼女がそのつもりなのを察していたようだ。

「どーゆー気だよ？」

と訊かれても、樺恋はうつむいたまま黙《だま》りこくっている。

「無理やり押し掛けてきて、今度は挨拶《あいさつ》もなしに出てくのか？」

麻郁の語気の荒さに、坂道を途中までのぼりかけていた深衣奈《みいな》は声を掛けることもできず、うっかり持ち出してしまった弁当の包みを胸に抱きしめた。

「黙ってないで、なんとか言えよ」

「ごめんなさい」

視線を足元に落としたまま、樺恋がか細い声で言う。

「黙って出ていこうとしたのは謝ります。でも、どうしても『さよなら』を言うのがつらくて

「……」

「だったら、言わなきゃいいだろ」

「え？」

意外な言葉に、樺恋が顔をあげて麻郁の顔を見た。

「それって、どういう……」

「ほんと、鈍いな。うちに居ていいって言ってんだよ」

「けど、迷惑じゃ……」

「ああ、迷惑だよ。でもな、しょうがねぇだろ。血がつながってんだから、肉親なんだから、少しぐらいは迷惑掛けられても！」

「それ、昨日《きのう》、言ってたことと違います」

「気が変わったんだよ！　悪いか？」

麻郁はヤケクソのように言ってのけると、樺恋の顔を正面からにらみつけた。

「そんなの勝手です。そんなのって……そんなのって、勝手すぎます！」

樺恋の青い目に涙が浮かぶ。

「我慢しろよ。血がつながってんだから、ちょっとぐらいの勝手は」

「でも……でも、そうじゃないかもしれません。わたしと麻郁さんは血がつながってないかも
……」

「つながってるかもしれねーだろ。肉親の可能性だってあるんだろ?」

麻郁《まいく》は畳み掛けるように言うと、不意に声を低めて、

「ずっと……ずっと、つらかった。親に捨てられたってこと……血がつながってんのに、捨てられたってことが。いつも考えてた。なんで、親は俺《おれ》を捨てたんだろうって。どんな理由があって、そんなことしたんだろうって。でも、いくら考えてもわかんなかった。わかったのは、そんなこと考えても無駄だってこと。昔のことなんて、どんだけ考えたってわかりっこないんだ。それに、もし、わかったって、もう、どうにもなんねぇんだよ」

心の底から絞り出された麻郁の言葉が、同じ想いをいだきつづけていた樺恋《かれん》と深衣奈《みいな》の胸をえぐる。

「けど、今は違う。今、起きてることは、なんとかしようと思えば、なんとかなるかもしれねぇんだ。だから、俺は決めたんだ。絶対……絶対、肉親を——血がつながってるかもしんないヤツを見捨てるような真似《まね》はしないって」

「麻郁さん……」

樺恋は、そうつぶやいたつもりだったが、こみあげてくるもので喉《のど》が詰まって、声は唇の外へと出なかった。

「だから、あんたはうちに居ろ。とりあえず、肉親かどうかわかるまで。いいな?」

「はい」

樺恋が震《ふる》える声で返事をする。

「それから、あんたも」

「えッ、わたし？」

突然、声を掛けられて、坂道の降り口に立っていた深衣奈が驚《おどろ》いた顔をする。

「そう」

麻郁は大きくうなずくと、探るような目を深衣奈に向けて、

「もしかして、あんたも出てくつもりだってんじゃないだろうな」

「まさか」

深衣奈は、滅相《めっそう》もないという顔で、ふるふると首を左右に振った。

「それじゃあ、家のこと……メシとか掃除とか頼《たの》むからな」

「ラジャー」

深衣奈は泣きそうになっている自分を胸の奥へと押し込めるため、おどけて敬礼をした。

「それから……」

麻郁は左の手首に提げていたビニール袋を、樺恋のほうに差し出すと、

「弁当、明日からはこっちにしてくれ」

袋を受け取った樺恋が中を覗《のぞ》いてみると、そこにはシンプルなデザインのランチボックスが入っていた。どうやら麻郁は、これを買いに行っていたらしい。

「あんたの弁当箱じゃ、食うとき恥ずかしいからな」

「はぁ」

スクーターをおりた麻《ま》郁《いく》はそれを押しながら、きょとんとしている樺《か》恋《れん》と深《み》衣《い》奈《な》のあいだを抜けて坂道を下ってゆく。下までおりきると、照れ臭いのを隠すためか、いつも以上にむっつりとした顔をふたりに振り向けて、

「おい、なにやってんだ。早く家に入れよ」

「はぁーい」

と元気よく返事をすると、深衣奈は樺恋の腕を取り、坂道のほうにいざなった。

「さ、戻ろ」

ふたりが歩きだしたのを見届けると、麻郁は玄関の前にスクーターを停《と》め、さっさと家の中に入ってしまう。坂道をおりて家の前までやってくると、深衣奈は開け放された引き戸に目をやりながら、

「あいつ、ぶっきらぼうだけど、結構いいヤツだよね」

「はい」

樺恋が少しグズついた声で返事をする。

「それに、意外と優しいとこあるし」

深衣奈はそう言うと、カラになった弁当の包みを樺恋の耳元に持ってきて軽く振った。それ

が、カシャカシャと鳴るのを聞いて、樺恋が小さく息を呑《の》む。

麻郁さん、全部食べてくれたんだ……。

もし、「しあわせ」に音があるのなら、それは、こんなのかもしれない――カラのランチボックスが立てる音を聞きながら、樺恋はそう思った。

第3章　指切り

「おしっこ……」

樺恋《かれん》は寝床の上でむくりと身を起こすと、寝ぼけまなこのまま、誰《だれ》に言うともなくつぶやいた。自然の声に呼ばれて目を覚ましはしたものの、まだ、眠りの淵《ふち》に片足を突っ込んだ状態らしく、焦点の定まらない視線を宙にさまよわせている。窓におろしたカーテンの隙間《すきま》からは、明るい朝の日射《ひざ》しが差し込んでいた。隣《となり》に、昨夜、一緒に寝床に入った深衣奈《みいな》の姿はない。樺恋はしばらくのあいだ、これからどうすべきか考えている風情だったが、下腹部に生じた生理的欲求が耐え難いものになったのか、水の中にでもいるような緩慢《かんまん》な動作で立ち上がった。今、彼女が身に着けているのは、下が膝丈《ひざたけ》のズボンになったネグリジェタイプのパジャマ。長い髪はふたつに分けて、乱れないようリボンでまとめてある。樺恋はとろんとした目つきのまま部屋を出ると、おぼつかない足取りで階段をおりた。夢遊病患者のようにふらふらと廊下を進み、トイレに入る。

至福のひととき——。

用をすますと、樺恋は流した水の音に送られて、元きた廊下を引き返す。階段に向かう途中、ダイニングの出入り口の前を通り過ぎようとすると、キッチンに立っていた深衣奈がひとの気配に振り向いて、

「あ、起きたんだ」

「ふにゃ」

返事のつもりか、樺恋が口の中で、なにかつぶやいた。どうやら身体《からだ》は起きても、頭の中はまだ寝ているようだ。一方、深衣奈はてきぱきと朝食の用意をしながら、

「もうすぐ朝ご飯の用意できるから、麻郁《まいく》、起こしてきて」

「うにゅ」

深衣奈の言葉を理解したのかしないのか、返事らしきことを口にすると、樺恋は階段をのぼっていった。麻郁の部屋の前にくると、少しのあいだ、その場にボーッと突っ立ってから、引き戸を開ける。一応、霞《かすみ》のかかった頭の隅に、「麻郁を起こしてきて」という深衣奈の頼《たの》みが引っかかってはいたようだ。部屋の中は薄暗《うすぐら》く、麻郁はマットを剝《は》がしたベッドの上で、毛布をかぶってまるくなっていた。樺恋はそのそばまでくると、最初からそれが目的であったかのように、毛布をめくって麻郁の隣にもぐり込む。やはり、寝ぼけているらしい。毛布の中は温かで、樺恋はすぐそばに三十六度前後の熱源があることに、ほんわかとした心地よさを感じながら目を閉じた。すると、それと入れ替わるように、麻郁がぼんやりと目を開く。

ん……？

麻郁《まいく》は最初、自分の目に映っているものがなんなのかわからないようだった。しかし、間近にあるのが、すぅすぅと安らかな寝息を立てている樺恋《かれん》の顔であることに気づくと、毛布を跳ねあげて飛び起きる。

「うわッ！」

ど、ど、どうして、こいつがここに？

驚《おどろ》きで目を剝《む》いた麻郁が左胸に手を当てて、そこから飛び出しそうな心臓を押さえていると、樺恋が目を閉じたまま、なにごとかつぶやいた。

「うーん、うにゃうにゃあ～」

なんか言ってる。

興味を引かれた麻郁が、なにを言っているのか聞き取ろうと、樺恋の寝顔に自分の顔を近づける。すると、そのタイミングを見計らっていたかのように、樺恋がぱっちりと目を開いた。息が掛かるほどの近距離《きんきょり》で、ふたりの目と目が合う。大きく目を瞠《みは》った樺恋は鋭《するど》く息を吸い込むと、次の瞬間《しゅんかん》、それを悲鳴に変えて口からほとばしらせた。

「キャアアアア――――――ッ！」

二階から降ってきた突然の悲鳴に、深衣奈《みいな》がトマトを切る手を止めた。包丁片手に階段を駆けあがり、開けっ放しの引き戸から麻郁の部屋に飛び込む。

「どうしたの？」

と訊《き》くなり、目に涙を溜《た》めた樺恋が飛びついてきた。

「わわッ！」

樺恋の勢いに押されて尻餅《しりもち》をついた深衣奈の手から、握っていた包丁がすっぽ抜ける。それは宙を飛び、ベッドの上であっけに取られた顔をしている麻郁の足のあいだに突き立った。

「ひぇッ！」

麻郁は顔をひきつらせると、浮かしかけていた腰をペタンと落とす。半泣きになった樺恋にしがみつかれた深衣奈は、尻餅をついたまま呆然《ぼうぜん》として、

「いったい、どーしたってゆーの？」

「なぁーんだ、そーゆーことだったの」

朝食を摂《と》りながら、同じ食卓を囲むふたりから事情を聞いた深衣奈は拍子抜けしたように、

「いきなり悲鳴あげて飛びついてくるから、なにごとかと思ったじゃない」

「すみません。わたし、寝ぼけてたみたいで……目を覚ましたら、いきなり目の前に麻郁さんがいたんで、てっきり……」

そこで言葉を途切れさせると、樺恋は申し訳なさそうに身をすくめた。

「てっきり、なに？」

あきらかにそのあとにつづく言葉がなにかわかっている顔で、深衣奈《みいな》があえて訊《き》いてくる。

「それは、その……」

なにを想像したのか、樺恋《かれん》は頬《ほお》を赤らめうつむいた。彼女の反応があまりにもストレートだったので、からかうつもりだった深衣奈も、それが伝染《うつ》ったように頬を染めると、殊更《ことさら》冗談めかした口調で、

「ま、なんにしろ、貞操の危機を回避《かいひ》できてよかったじゃない」

「はい」

「おい、誤解を招くようなことゆーな！」

麻郁《まいく》は深衣奈に噛《か》みつくように言ってから、すぐさま樺恋のほうに顔を向けた。

「それから、あんたも『はい』じゃねぇだろ」

「す、すみません」

「まあまあ……」

深衣奈が薄笑《うすわら》いを浮かべながらなだめると、麻郁はかえっていきり立ち、

「『まあまあ』じゃねぇ！　こっちは下手《へた》すりゃ、死ぬとこだったんだぞ」

深衣奈の手から飛んできた包丁が、もう少しで下腹部に刺さるところだったのを思い出したのか、麻郁のうなじがそそけ立つ。

「大げさねぇ」

と、深衣奈がため息まじりに言う。

「人間、おなかに包丁が刺さったぐらいで死んだりしないわよ」

「死ぬよ！」

「あ、あのあの、ほんとすみません」

樺恋は麻郁と深衣奈のあいだに割って入ると、

「わたしのせいで、こんなことになっちゃって……これからは、朝起きたとき、麻郁さんがそばにいても大きな声出さないように気をつけますから」

「気をつけるとこが違うっつーの！」

と麻郁が怒鳴り、深衣奈が、なんと言ったものか、という顔をする。

「とにかく」

麻郁は声を大きくすると、深衣奈と樺恋を等分に見て、

「さっきみたいなのは、二度とご免だからな」

確かに、あんなことが毎朝つづいては身がもたないだろう。今日は学校が休みの週の土曜日なのに、ふたりのせいで最悪の朝になってしまった。

「それから、昨日《きのう》も言ったけど、掃除、洗濯《せんたく》、炊事……その他、家のことは全部、あんたらに任す。それで、俺《おれ》はあいた時間を仕事にまわして、あんたらの分の生活費を稼《かせ》ぐ。わかったな」

麻郁《まいく》が家主の威厳を誇示するように高飛車に言う。居候のふたりが神妙な顔でうなずくと、麻郁は少し気をよくし、

「あと、互いの呼び方のことなんだけど、一緒に暮らしてて気ィ遣うのはあんま好きじゃねーから、俺はあんたらのことを深衣奈《みいな》、樺恋《かれん》って呼ぶ。だから、そっちも俺のことは、麻郁って呼び捨てにしてくれ」

「わかりました、麻郁さん」

打てば響《ひび》くように樺恋が返事をする。

「呼び捨てでいいって」

「はい、わかってます。麻郁さん」

「いや、だから……」

ふたりのやり取りを見ていた深衣奈は笑いを噛《か》み殺《ころ》しながら、

「まあまあ、そうすぐには無理よ、まーちゃん」

「おめぇは気安すぎんだよ!」

麻郁は思わず声を荒らげたが、深衣奈のほうは、そんなもの、どこ吹く風といった表情だ。

――ったく……。

これ以上なにか言っても、頭が痛くなるばかりだと思ったのか、麻郁はカップに残っていた冷めたコーヒーを飲み干し、立ち上がる。

「それじゃあ、俺《おれ》は二階で仕事するから」

「わたしも後片づけしよっと」

深衣奈がそう言って腰をあげると、まだ、皿に朝食を残していた樺恋は、あわてて食べかけのトーストにかぶりついた。茶の間の出入り口に向かうため、そんな彼女のそばを通り抜けようとした麻郁は、長くのばした黒髪にリボンの蝶《ちょう》がとまっているのを見つけると、

「リボン、つけたのか」

「ふぇ？」

トーストを頬《ほお》ばった口をもぐもぐさせながら、樺恋が麻郁のほうに顔を向けた。急いで口の中のものを呑《の》み込《こ》むと、頭のリボンに手を当てて、

「これ、帽子についてたのなんです」

「そっか、帽子の……」

白い帽子にべったりとついたタイヤの跡が思い出され、麻郁の心がチクリと痛んだ。

「なんか、意外ぃ～」

深衣奈が汚れた食器を運びながら言う。

「麻郁って、そーゆーの全然、気づかないタイプだと思ってた」

「なに言ってんだ。俺だって、それぐらい……」

「じゃあ、わたし、今日はいつもとちょっと違うんだけど、それ、どこだかわかる？」

「え……?」

麻郁《まいく》はTシャツにミニスカートという格好の深衣奈《みいな》をまじまじと見て、

「昨日《きのう》とは服が違う……とかってんじゃねぇよな」

深衣奈の顔に、当たり前でしょ、という表情が浮かぶ。

「ヘアスタイルは一緒だし……あ、ひょっとして、シャンプー変えたとか?」

「ブブーッ、ハズレ」

と言うなり、深衣奈は麻郁に背中を向けて、クイッとヒップを突き出した。

「実は今日は黒のTバックなの」

「わかるか、ンなモン!」

麻郁は唾《つば》を飛ばして怒鳴ると、バカにはつきあっていられないという顔で茶の間を出ていく。

しかし、すぐに引き戸の隙間《すきま》から顔を出し、

「言っとくけど、誰《だれ》か訪ねてきても勝手に出たりすんなよ。おまえらと一緒に住んでることがバレるとマズイからな」

引き戸が閉まるとすぐに、その向こうから、ドタドタと階段を踏《ふ》み鳴らす音が聞こえてきた。

「なに、ムキになってんだか」

深衣奈はため息まじりに言うと、再び朝食の後片づけに取りかかった。汚れた食器をすべてキッチンシンクに運び、さあ、洗おうかと、水道の蛇口に手を掛けたとき、樺恋《かれん》が背後からお

ずおずと、

「あの、深衣奈さん……」

「ん、なぁに？」

蛇口に手を掛けたまま、深衣奈が振り向く。だが、なにか訊《き》きたいことがあるようなのに、
樺恋はもじもじして、なかなか口を開かない。

「なによ、どうしたの？」

と深衣奈が重ねて訊くと、樺恋は頬《ほお》をうっすらと赤くして、

「深衣奈さん、今日はほんとに黒のTバックなんですか？」

「はぁ？」

思ってもみなかった問いに、深衣奈は目をまるくした。つづいて、プッと吹き出して、

「やぁーねぇ、冗談よ、冗談！」

「そ、そうですよね。それ聞いて、安心しました」

樺恋はどぎまぎしながらも、ホッと胸をなでおろす。

「わたし、Tバックってはいたことなくて、だから、そんなのはいてるひとが近くにいるのかと思うと、なんだかドキドキしちゃって……でも、冗談だったんですよね。よかったぁ～」

「…………」

ある程度は樺恋の性格を把握したつもりになっていた深衣奈だが、さすが、「不思議ちゃん」

と呼ばれていただけあって、まだまだ奥が深いようだ。

このコ、やっぱり、なんだかよくわかんない……。

階下から響《ひび》くチャイムの音で、麻郁《まいく》はキーボードを打つ手を止めた。朝食後、パソコンに向かってから早数時間。そろそろ昼になろうとかというのに、仕事は一向にはかどっていなかった。ここ数日のドタバタ騒《さわ》ぎで生じた遅れを取り戻そうと頑張ってはいるのだが、どうも気が散ってうまくいかない。それでも、多少は調子が出てきたところで、水を差すようなこのチャイム。麻郁は眉間《みけん》に皺《しわ》を刻むと、回転椅子《いす》を軋《きし》ませて立ちあがった。

あーもぉー、こんなときに誰《だれ》だよ……。

新聞の勧誘員だったら、簀《す》巻《ま》きにしてすぐそばの湖に放り込んでやると思いながら、足音荒く階段をおりる。麻郁が一階の床に足を着けたとき、また、チャイムが鳴った。すると、ダイニングの引き戸を開けて出てきた樺恋《かれん》が間のびした声で、

「ハイハ～イ」

麻郁はあわてて、玄関に向かおうとする彼女のノースリーブのワンピースから出ている肩をつかんだ。

「おいッ、なんのつもりだ?」

「なんのって……」

麻郁は引き戸の外に立つ人影《ひとかげ》をはばかって声を低めると、きょとんとしている樺恋に、

「ひとがきても、勝手に出んなって言っただろ。俺《おれ》の話、聞いてなかったのか?」

「あ、ああ……」

頭の中が年中小春日和《びより》の樺恋は、家主の言いつけをすっかり忘れていたようだ。

早く玄関を開けてくれと催促するように、三度目のチャイムが鳴った。すると、開けっ放しのダイニングの引き戸から深衣奈《みいな》が顔を出し、

「なにやってんの? 誰かきてるわよ」

「わかってるよ!」

麻郁は器用に小声で怒鳴ると、樺恋と深衣奈をダイニングの中に押し戻す。

「俺が出るから、おまえらは引っ込んでろ」

ダイニングの引き戸を閉めると、麻郁は「はい、今、開けます」と言いながら三和土《たたき》におりた。玄関の引き戸を開けると、そこには意外な人物が立っていた。

「先輩《せんぱい》……」

「こんにちは」

にっこり笑った織部《おりべ》椿《つばき》は、チューブトップの上に胸元の大きくあいたシャツを重ね、膝《ひざ》までのスカートの裾《すそ》から七分丈のパンツをはいた足を覗《のぞ》かせていた。ハート型のメダルがついたチョーカーがよく似合っていて、セーラー服でいるときよりも、ひとつふたつ大人に見える。

「なんで……」

思ってもみなかった訪問者に、麻郁《まいく》はとまどった表情を浮かべた。椿《つばき》がこの家にきたのはこれが初めてで、事前に来るとは聞いていなかったし、訪ねてこられる理由も思いつかない。

「森野《もりの》会長に聞いたんだけど、神城《かみしろ》クン、生徒会の仕事、手伝ってくれることになったんですってね」

「え、まあ、少しだけですけど」

「それで、会長に頼《たの》まれたのよ。その仕事に必要な追加の資料を届けて、ついでに進み具合を見てきてくれって」

「そ、そうですか……」

進み具合と言われても、本業のほうだって悲しいくらい遅れているのに、飛び込みの頼《たの》まれ仕事をする暇などあろうはずがない。苺《いちご》に頼まれた生徒会関係の仕事は、まったく手つかずの状態だった。

「あがっていいかしら？」

と椿に問われ、仕事の遅れをなんて言い訳しようかと考えていた麻郁は、それどころではないのに気がついた。今、家には樺恋《かれん》と深衣奈《みいな》がいるのだ。彼女たちの存在を椿に知られるわけにはいかない。なんとか理由をつけて、追い返すしかないだろう。

「えーっと、今はちょっと……」

「なにかマズイことでも？」

「あ、あるわけないじゃないですか」

そう言ってから、しまったと思ったが、もう遅い。

「じゃあ、いいのね」

と言って、椿が中に入ろうとする。

「待ってください」

「あら、どうして？」

「ちょっと散らかってるんで……すぐ片づけますから」

「そんなの気にしなくていいわよ。なんなら、片づけ手伝いましょうか？」

「いッ、いいです。自分でやりますから」

麻郁は口元をひきつらせて言うと、引き戸を閉めながら、

「すぐすみますから、少し待っててください」

麻郁はダイニングに駆け込むと、そこでは深衣奈と樺恋がのんきにお茶を啜《すす》っていた。

「なに？　お客さん？」

と訊《き》く深衣奈に、麻郁は怖《こわ》い顔を向け、

「そうだ。だから、ふたりとも上にあがってろ」

「えーッ、なんでよぉ～」

「俺《おれ》の学校の先輩《せんぱい》がきたんだよ。おまえらのことがバレたら、すっげーマズイんだって」

「先輩って、スーパーで会ったたちっこいひと？」

深衣奈《みいな》が苺《いちご》本人の耳に入ったら、ただではすまないことを言う。

「いや、違う」

「じゃ、どんなひと？」

「どんなって……」

麻郁《まいく》は一瞬《いっしゅん》考え込んだが、すぐにそんな場合ではないと気づいて、

「そんなことは、どうでもいいだろ！　とにかく、二階にあがれって」

「はーい」

深衣奈が渋々《しぶしぶ》と腰をあげ、樺恋《かれん》もそれにつづく。麻郁はふたりを階段のほうに追いやると、彼女たちの背中に向けて、

「いいか？　客がいるあいだは、絶対、おりてくんじゃねーぞ。おりてきたらお仕置きだからな」

深衣奈と樺恋が階段をのぼりきったのを確かめてから、麻郁は三和土《たたき》におりて引き戸を開けた。

「すみません、待たせちゃって」

「ううん」

椿《つばき》は首を左右に振って、

「いきなり訪ねてきたのは、こっちだから」

サンダルを脱いだ椿は、麻郁のあとについてダイニングに入った。家庭科の実習で作ったキルト地の手提げを食卓の椅子《いす》に置くと、ぐるりとまわりを見まわして、

「なんだ、結構、きれいにしてるじゃない」

昨日《きのう》、深衣奈と樺恋が掃除をしたばかりなので、家の中はいつになく片づいていた。

「ええ、まあ」

曖昧《あいまい》な笑みを浮かべた麻郁は、テーブルの上に深衣奈と樺恋が使っていた湯呑《ゆの》みが出しっぱなしになっているのに気づくと、あわててそれをキッチンシンクへと運んだ。

「神城クンはいつも、どこでお仕事してるの？」

立ったまま訊《き》く椿に、麻郁が「二階の部屋です」と答えると、彼女は椅子に置いた手提げを取りあげて、

「じゃあ、そこへ行きましょうか」

「えッ！」

「どうしたの？　もう、片づけたんだからいいんでしょ」

「あ、いや、それは……」

なんとかお茶を濁《にご》さなければと思った麻郁は、これも出しっぱなしになっていたテーブルの

上の急須《きゅうす》を見て、

「そうだ、先輩《せんぱい》、お茶でもどうですか」

「いいわよ、そんな気を遣ってくれなくても」

「いいえ、せっかくきてもらったんだから、お茶ぐらい出さないと」

麻郁《まいく》は作り笑いを浮かべると、急須を手に取り、椿《つばき》に座るよう促した。


「なにさ、のけ者あつかいしちゃってさ」

深衣奈《みいな》は自分と樺恋《かれん》の部屋として割り当てられた二階の六畳間の襖《ふすま》を開けるなり、不満げに頬《ほお》を膨《ふく》らませてつぶやいた。彼女のあとにつづいて中に入った樺恋は音のしないよう、そっと襖を閉めてから、

「しょうがないですよ。わたしたち、居候なんですし」

「そりゃ、そうかもしんないけど……」

深衣奈は日に焼けた畳の上に腰をおろすと、行儀《ぎょうぎ》悪く両足を投げ出した。樺恋はそのそばに座ると、

「ここでおとなしくしてるしかないですね」

「そうね。それしかないか……」

深衣奈は渋々《しぶしぶ》同意すると、上体を背後に倒して仰向《あおむ》けになる。そうやって、天井のシミを見

るともなく見ていると、窓の外に視線をさまよわせていた樺恋がポツリと、

「お客さんって、誰《だれ》なんでしょう？」

「あいつ、いやにあわててたから、よっぽど、わたしたちのことを知られたらマズイ相手じゃないの？　例えば……」

「例えば？」

「恋人とか」

樺恋が、ハッと身体《からだ》を堅くする。深衣奈は、なにげなく自分の漏らした言葉に興味をそそれたのか、上体を勢いよく起こすと、

「ね、ちょっと見に行ってみない？」

「でも、麻郁《まいく》さんに見つかったからお仕置きですよ」

「だったら、見つからないようにすればいいのよ」

深衣奈は、いとも簡単に言ってのけると、立ち上がって部屋の襖に手を掛けた。

「どうする？　一緒に行く？」

顔だけで振り向いた深衣奈が訊《き》くと、樺恋は少しためらってから、

「行きます」

「さてと……」

　カラになった湯呑《ゆの》みをテーブルに置くと、椿《つばき》は正面に座った麻郁《まいく》に、

「そろそろ神城《かみしろ》クンの部屋に行きましょうか」

「そ、そんなに急がなくても……あ、お茶、もう一杯どうですか？」

「お茶ならあとでいただくわ。それより、お仕事の話、先にすましちゃいましょ」

「はあ」

　麻郁が困った顔をすると、椿は浮かせかけた腰を椅子《いす》に戻して、

「なにか不都合なことでも？」

「い、いえ、そんなことはないですけど……そろそろ腹減ったなぁーって、思って」

　苦しまぎれにそう言うと、麻郁はわざとらしく腹に手を当てた。

「あら、お昼まだだったの？」

　椿はあいた椅子の上に置いていた手提げを自分の膝《ひざ》の上に移すと、中から平べったい風呂敷《ふろしき》包みを取りだした。

「ちょうどよかったわ。あとで渡そうと思ったんだけど、わたし、母におソバを持たされたの。生徒会の仕事を手伝ってくれてるコのところに行くって言ったら、お土産《みやげ》に持っていきなさいって」

　椿は風呂敷包みを解くと、透明なビニール袋に入った生ソバを食卓に置き、

「わたしが作るから、今日のお昼は、これにしましょ」

「えッ、そんなの悪いですよ」

「いいから、いいから。それとも、わたしが作るんじゃ、味が不安？」

「そんなことはないですけど」

「それじゃあ、お台所借りるわね」

椿がソバの入ったビニール袋を手にして立ち上がる。

「お鍋《なべ》、これ使ってもいいかしら」

「ええ、どうぞ」

麻郁はキッチンに立つ椿のうしろ姿を見て、これでまた、少し時間が稼《かせ》げたと、胸をなでおろす。廊下側の引き戸を背にした椅子《いす》に腰をおろし、なんとか椿に二階にあがらずに帰ってもらう方法はないものかと考えはじめたとき、なにげなく玄関側の引き戸へと向けた目が、それの上半分にはめられたガラス越しに中を窺《うかが》っている深衣奈《みいな》と樺恋《かれん》の顔を捉《とら》えた。

あいつら！

麻郁はカッと目を剝《む》くと、野良《のら》犬でも追い払うような手つきで、「あっちへ行け」のジェスチャーをする。すると、ふたつの頭があわてて引っ込められた。

「ど、ど、どうします？　見つかっちゃいましたよ」

引き戸に身体《からだ》を押しつけるようにして廊下にうずくまった樺恋が、同じような格好をした深衣奈に小声で訊《き》いた。

「そうみたいね」

あわてふためく樺恋《かれん》とは対照的に、深衣奈《みいな》はいたって落ち着いている。

「こうなったら、見つかりついでに、もう少し覗《のぞ》いていきましょ」

一旦《いったん》、引っ込んだふたつの頭が、また、そろそろとガラスの向こうに姿を現したのを見て、麻郁《まいく》は先程にも増して激しい手つきで、それらを追い払おうとする。

「なにしてるの？」

振り向いた椿《つばき》が怪訝《けげん》な顔をすると、麻郁は振っていた手を引っ込めて、

「いや、その、なんか虫がいたんで」

「ヤダ、蠅《はえ》かしら？」

「さ、さあ……でも、もう、どっかに行ったみたいですから」

「そう」

椿は再びキッチンに向かうと、鍋で沸かした湯の中にソバを入れた。

「神城《かみしろ》クン、おネギとかあるかしら」

「たぶん、冷蔵庫にあると思いますけど」

「使わせてもらっていい？」

「はい、どうぞ」

椿が冷蔵庫の中を探しはじめると、麻郁はその隙《すき》にダイニングの玄関側の引き戸を開け、そ

こから半身を乗り出した。彼がくるのを見て、あわてて階段ののぼり口に逃げた深衣奈と樺恋に押し殺した声で訊《き》く。

「おまえら、なにやってんだよ？」

「いや、お客さんって、どんなひとかなぁ〜って思って」

深衣奈が小声で答えると、麻郁は怒鳴りたいのを必死にこらえつつ、

「どうでもいいだろ、そんなこと」

「でも、気になるじゃない」

「バカ言ってないで、とっとと二階に戻れ。今度おりてきたら、ふたりまとめて追ン出すからな」

「どうしたの、神城クン？」

背後から椿に声を掛けられた麻郁は、顔をひきつらせて振り向いた。

「い、いや、ちょっと暑いから、ここ開けとこうかなって」

「あ、ごめんなさい。換気扇つけるの忘れてたわ」

椿が換気扇のスイッチを入れると、うるさい音を立ててファンがまわりはじめる。

まったく、なに考えてんだ……。

麻郁は心の中で舌打ちすると、さっきまで座っていた椅子《いす》に再び腰をおろした。このとき彼は、深衣奈のものでも樺恋のものでもないもう一つの視線が、いずこからか自分の住まう家に

向けられていることに、まったく気づいていなかった。

「うーん、いい気持ち〜」

四道晴子《しどうはるこ》は大きくのびをすると、水の匂《にお》いがする空気を胸いっぱいに吸い込んだ。湖岸沿いの道を歩きながら、湖のほうに目をやると、穏《おだ》やかな水面《みなも》は明るい日射《ひざ》しを反射して、まぶしいほどにきらめいている。

いいお天気……。

今年の梅雨《つゆ》は男性的で、一週間ほどまとめて雨が降ると、そのあと数日は、今日のように晴れた日がつづく。未舗装《みほそう》の道は乾ききってはいないが、それを除けば、絶好の散歩日和《びより》だ。

晴子は、今年高校にあがったばかりの十五歳。まだまだ発展途上の肢体は女性的なふくらみには欠けるが、すこやかにのびた手足には、たっぷりと元気が詰まっていそうだ。少年のように短くカットした髪はおさまりが悪く、それを少しでも押さえるためか、頭頂部付近を通って左右の耳のうしろをつなぐようにピンクのリボンを渡している。クリッとした目が愛らしく、ツヤツヤした顔には、落ち込んだところなど想像もできないほど、明るい表情が浮かんでいた。肩口に少しふくらみを持たせたワンピースを着ていて、体育の授業ででもすりむいたのか、裾《すそ》から覗《のぞ》く膝小僧《ひざこぞう》にはバンドエイドが貼《は》ってある。

これで、お兄ちゃんと一緒じゃなきゃ、もっといいのに。

晴子は自分のすぐうしろを歩いている兄の跨《またぐ》のほうをちらりと見て、心の中でつぶやいた。跨は彼女よりふたつ上で、同じ高校の三年生。家が理髪店のせいか、面接試験でも受けに行くようなさっぱりとしたヘアスタイルで、秀でた額をあらわにしている。すっきりとした嫌味のない顔立ちは、誰《だれ》にも嫌われないかわりに強い印象を残すこともないだろう。体格も中肉中背で、外見的にはびっくりするほど特徴がない。努力してそうやっているとしか思えないほど見た目の印象は薄《うす》く、初対面だと、しばらく話をしても別れた瞬間《しゅんかん》に忘れられそうだ。

お兄ちゃん、なんで、あたしのあとばっかついてくんのかな？

ひとりでこの景色を楽しみたかった晴子は歩きながら、チラチラと兄のほうに迷惑そうな視線を向ける。跨は、寝坊した彼女が遅い朝食を摂《と》ったあと、散歩に出掛けると言うと、まるで、そうするのが当然のような顔で、部屋着のジャージをジーンズにはきかえてついてきたのだ。親よりも兄になついている弟妹が「お兄ちゃんッ子」なら、妹にべったりの跨は、さしずめ「妹ッ子」とでも言うべき状態で、晴子にとっては迷惑きわまりない存在だった。それでもまだ、学校が別だったときはよかったが、同じ高校に入ってからは、なにかにつけて彼女のクラスを訪ねてくるようになり、仲のいいクラスメイトから「晴子ちゃんのお兄さんって、休み時間、いっつもウチのクラスにいるね。自分のクラスに友達いないのかなぁ？」などと言われる始末。まがりなりにも血のつながった兄なので、死ねばいいのにとまでは思わないが、虫の居所が悪いときは、宇宙人にでもさらわれて、どこか遠い星へ連れて行かれればいいのにと思うときもある。

一方、晴子《はるこ》から少し離れて歩く跨《またぐ》は、彼女に迷惑がられているとは夢にも思ってないらしく、愛する妹の背中を目尻《めじり》をさげて眺めていた。

いつ見てもかわいいなぁ、晴子は。うしろ姿もキュートで最高だよ。ああ、晴子……ボクの大切な妹。わかってると思うけど、お兄ちゃんはおまえのことが大好きなんだよ。もう……もう、ギュッて抱きしめたいぐらいに……。

無意識のうちに、跨の両手がそろりと持ちあげられる。

そう言えば、最近、晴子はお兄ちゃんにギュッてさせてくれなくなったね。ちっちゃい頃《ころ》はギュッてしたり、すりすりしたり、コチョコチョしてもちっとも嫌がらなかったのに。それなのに、近頃はめっきり冷たくなって、部屋にも入れてくれなくなった。昔は一緒にお風呂《ふろ》に入ったりしたのに、お兄ちゃんは悲しいよ。ああ、晴子をギュッてしたいなぁ……それで、ほっぺをすりすりしながら、ミルキーな晴子の匂《にお》いを胸いっぱいに吸い込みたい。それで……それで……。

もし口に出したら、すぐさま病院に放り込まれてもおかしくないようなことを脳裏に渦巻かせながら、跨は妹のあとをふらふらとついて行く。この情景を事情を知らない他人が見れば、挙動の怪しい男が少女にいたずらしようとしている現場と思い、警察に連絡するかもしれない。

でも、そこまでしちゃったら、また、こないだみたいに口きいてくれなくなるかな。あのときは、お兄ちゃん悲しかったよ。けど、わかってるんだ。晴子は照れてるだけなんだよね。ほんとは晴子もお兄ちゃんのことが大好きだってことは、ボクがいちばんよくわかってるよ。だって、ほら、夢の中では、今でもあんなに仲よく遊んでくれるじゃないか。そうそう、一昨日《おととい》の夜、お池の大きな蓮《はす》の葉の上でぴょんぴょん跳んでカエルさんゴッコをしたときは楽しかったなぁ……さよならするとき、「明日の夜もまたくるね」って言ってくれたのに、昨日《きのう》の夢には出てきてくれなくて、お兄ちゃん、がっかりだよ。

なんの病気かはわからないが、跨が相当重症なのは確かなようだ。

晴子……ボクの素敵な妹。ボクの心のプリンセス。妹であって、お姫様。そう、まさにシス……。

余人には窺《うかが》いしれない妄想で脳内を満たしていた跨は、行く手の栈橋《さんばし》に見知った少女の姿を見つけて足を止めた。

「あれ？」

兄の発した声に、晴子も足を止めて振り向く。跨の視線を追うと、湖岸からのびる栈橋が途中で直角に折れ曲がったところに、ひとりの小柄な少女の姿があった。なにを見ているのか、彼女は三脚に載せた軍用品とおぼしい測量用の望遠鏡を熱心に覗《のぞ》き込んでいる。

跨は栈橋づたいに少女のほうに近づくと、

「森野《もりの》、こんなとこでなにしてるの？」

半袖《はんそで》のブラウスにニットのベスト。そして、ミニのプリーツスカートと、学校にいるときと同じ格好をしていたのですぐにわかったが、少女は生徒会長の森野《もりの》苺《いちご》だった。

声を掛けられた苺は跨《またぐ》のほうを振り向くと、怪訝《けげん》な顔で、

「あなた、誰《だれ》？」

「やだなぁ、なに言ってんだよ。同じクラスの四道《しどう》だよ、四道跨。まさか、忘れちゃったんじゃないよね？」

「残念ながら覚えてるわ」

そう言う苺の口振りは、心底、残念そうだった。

「さっきのは冗談よ」

「なぁんだ、冗談か。ほんとに忘れられたのかと思ってびっくりしたよ」

「そうできたらいいんだけど」

一年生の頃《ころ》は、数人の仲のよいクラスメイトを交えて、大抵一緒に行動していたので、跨のほうでは苺と友人のつもりだったが、どうも向こうはそうは思ってないようだ。

「はは……」

ひきつった笑みを浮かべた跨は話題を変えようと、傍らに立つ晴子《はるこ》を指さして、

「あ、これはボクの妹で……」

「知ってるわ。晴子ちゃんね」

「え？」

「一年A組、出席番号は十一番。年は十五歳……」

つづいて、身長、体重、血液型にスリーサイズと個人データを並べられ、跨と晴子は目をまるくした。

「えーッ！　なんで、そんなこと知ってるのぉ？」

「そうだよ、森野。最近のスリーサイズはボクだって知らないのに」

苺は眉《まゆ》一筋動かさずに、

「情報収集の賜《たまもの》よ」

情報収集って……。

生徒会長になってからの苺が、いつの間にか築き上げた情報網を武器に、学内を支配しているという噂《うわさ》は小耳に挟んでいたが、それがこれほどのものとは思ってもみないことだった。唖《あ》然《ぜん》とした跨は、彼女のそばに立つ三脚の上の無骨なデザインの望遠鏡に目を留めて、

「それじゃあ、ひょっとしてそれも……」

「ええ。これも、情報収集の一環《いっかん》よ」

「いったい、なにを見てたのさ？」

「うふ」

苺の口元に謎《なぞ》めいた微笑が浮かぶ。彼女は対岸の一軒家にレンズを向けた望遠鏡を、ぽんぽ

んと軽く叩《たた》きながら、

「とってもいいものよ」

「また怒られちゃいましたね」

二階の自分たちの部屋に戻ると、樺恋《かれん》はしょんぼりとして、

「やっぱり、あとでお仕置きでしょうか」

「たぶんね」

深衣奈《みいな》は投げやりに言うと、畳の上にごろんとひっくり返る。

「お仕置きって、いったい、なにをされるんでしょうか？」

「そぉねぇ……」

頭の下で両手の指を組んだ深衣奈は天井を見上げながら、

「まずは、正座かな」

「それだけですか」

「しばらくして足がしびれてきたら、イボイボのついた健康サンダルをはかせて……」

「ええッ、それはヒドイですぅ～」

「そのままスクワット」

「にゅぅ～」

樺恋は自分がお仕置きされているところを想像して気が遠くなったらしい。深衣奈はあわてて身を起こすと、力を失った樺恋の身体《からだ》を抱き支えた。

「ちょっと！　話聞いただけで気絶しないでよ」

椅子《いす》に腰掛けたまま、それとなく玄関へとつづく引き戸のほうを見張っていた麻郁《まいく》が食卓のほうに向き直る。

「あ、どうも」

椿《つばき》はゆであがったソバを盛ったザルを、しずくを受けるためのボールと重ねて食卓に置いた。

「はい、お待たせ」

「のびないうちに、どうぞ」

「あの、先輩《せんぱい》は？」

「わたしは、もう、お昼すませてきたから」

椿は麻郁の向かいに腰をおろすと、

「それに、持ってきたお土産《みやげ》をお呼ばれするのって、なんか締《し》まらないしね」

「はあ」

そんなものかなと思いつつ、麻郁はガラスの小鉢に冷蔵庫の奥から発掘した賞味期限切れのソバつゆを入れると、そこに刻んだネギと練りわさびを足した。

「じゃあ、いただきます」

水にさらして熱を取ったソバを箸《はし》で小鉢へと運び、じゃぶッとつゆにつけてから一気に啜《すす》り込む。

「どう、味は?」

「おいひいへす」

ソバで口の中をいっぱいにしたまま不明瞭《ふめいりよう》な発音で答えると、椿《つばき》は小さく笑って、

「そう、よかった」

お世辞でなく、椿の持ってきてくれたソバはおいしかった。ゆで加減も絶妙で、喉《のど》越しもいい。だが、深衣奈《みいな》と樺恋《かれん》のことが気になる麻郁《まいく》は、とても、落ち着いてそれを味わうような心境ではなかった。ズルズルとソバを啜り込みながら、油断なく、ダイニングの出入り口へと目を走らせる。

あいつら、ちゃんとおとなしくしてるだろうな……。


「あ、気がついたのね」

樺恋が目を開くと、彼女の顔を真上から覗《のぞ》き込んでいた深衣奈は、ホッと胸をなでおろした。

二つ折りにした座布団を枕《まくら》にして、畳の上に身を横たえていた樺恋は上体を起こすと、傍らに座った深衣奈に、

「すみません。お仕置きのこと想像したら、気が遠くなっちゃって」

樺恋に気絶癖《へき》があるのは深衣奈も承知していたが、まさか、これほどとは思わなかった。

「わたし、どれくらい気絶してました？」

と樺恋が訊《き》くと、深衣奈はいたって真面目《まじめ》な顔で、

「三日」

「ええッ！」

樺恋が、また気絶しそうなほど驚《おどろ》くと、深衣奈がプッと吹き出した。

「ウソウソ、せいぜい十分かそこらよ」

「もう、びっくりさせないでください」

「ごめん、ごめん」

しばらくは身を隠していることも忘れて、にぎやかに会話を交わしていたふたりだが、やがて、話の種も尽き、どちらからともなく黙《だま》り込《こ》んでしまった。家事にいそしんでいれば、時間は、あっという間に過ぎてしまうのに、こうしてなにもせずに部屋に閉じこもっていると、いやに長く感じられる。

「あの、深衣奈さん」

柄にもなく、膝《ひざ》を抱えて物思いに耽《ふけ》っていた深衣奈に、樺恋が静寂を破ることをためらうように、おずおずと声を掛けた。よほど自分の考えの中に深く沈み込んでいたのか、深衣奈が耳

元で大きな音でも鳴らされたみたいに勢いよく顔をあげる。

「えッ、なに？」

「わたし、したくなっちゃいました」

「え……」

なんのことだと思ったのか、深衣奈《みいな》が顔を赤らめる。

「いや、その、急にそんなこと言われても……」

「でも、我慢できないんです、トイレ」

「ああ、そっちね」

深衣奈は一瞬《いっしゅん》、安堵《あんど》のため息をついたが、すぐに表情を引《ひ》き締《し》めて、

「で、大きいほうと小さいほう、どっちなの？」

「小さいほうです」

と答えてから、樺恋《かれん》は深刻な顔でつけ足した。

「けど、いっぱいいっぱいです」

この家のトイレは一階にしかない。二階からそこへ行くには階段をおり、玄関を横切って、廊下を左手の突き当たりまで行かねばならない。玄関と廊下には、どちらにもダイニングへと通じる引き戸がある。玄関のほうのはガラスがはまっているのは上半分だけなので、頭を低くすれば、ダイニングにいる麻郁《まいく》に見つからずに通り過ぎることはそう難しくないだろう。だが、

廊下に面したほうは下までガラスがはまっているので、見つかる可能性はかなり大きそうだ。さっき、階下の様子を見に行って見つかったとき、麻郁は「今度おりてきたら、ふたりまとめて追ン出すからな」と言っていた。相当、頭にきていたようだから、見つかったら一悶着《ひともんちゃく》あるのは確実だ。深衣奈としては、できれば、そうした危険は冒さずにすましたい。

「ね、マジで我慢できないの？」

「はい。結構、危機的状況です」

「困ったわねぇ」

深衣奈は右手の親指と人差し指で顎《あご》の先をつまんで考え込んでいたが、不意に明るい顔になり、

「あ、そうそう、そーゆーときはね。ここに手を当てて……」

そう言いながら、下腹に両手の指先をそろえて当てる。

「グッて押す」

言ったとおりのことをしてみせてから、

「……と、漏れそうになるわよ」

「深衣奈さぁ～ん」

オチを聞く前に、声に合わせて下腹部を強く押してしまった樺恋が、恨めしげな目で深衣奈をにらむ。樺恋の目には、表面張力ギリギリまで涙が溜《た》まっていた。ひょっとすると、今の彼

女のショーツの中も、そんな状態になっているのかもしれない。

「あー、ごめん、ごめん」

と謝ってから、深衣奈《みいな》は部屋の隅にまとめてあった自分の荷物のところへ行くと、円筒形のスポーツバッグの中を探り出した。

「ちょっと待ってて。いいものあるの思い出したから」

樺恋《かれん》が疑わしげな目で見守る中、深衣奈がバッグから取り出したのは五〇〇ミリリットル入りのペットボトルだった。中に入っていたお茶は、この町にくるとき乗ってきた列車の中で飲んでしまったが、カラになったボトルは捨てそびれてバッグに入れたままになっていたのだ。

「ハイ、これ」

深衣奈からカラのペットボトルを手渡された樺恋は、きょとんとした顔で、

「これを、どうするんですか？」

「どうするって……決まってんじゃない。この中にするのよ」

「ええッ！」

驚《おどろ》きのあまり、樺恋は手にしていたペットボトルを投げ出した。深衣奈は自分のほうに飛んできたそれをキャッチすると、

「我慢できないんだったら、しょうがないでしょ」

「だ、だ、ダメです。そんなのできません！」

「するあいだ、わたしは向こう向いてるし、耳も塞《ふさ》いでてあげるから」

「無理です！　不可能です！」

「だいじょうぶだって」

深衣奈はペットボトルのキャップをはずすと、飲み口のところを指さして、

「ほら、入り口のとこにここをはめて、じょーッてやれば……」

したことがあるのか、深衣奈の説明は、いやに具体的だ。そのせいで、樺恋は自分がそうしているところを思い浮かべてしまったらしく、耳まで真っ赤になった。

「できません！　できません！　ぜぇーったいできません！」

「あ、そう」

名案だと思ってした提案を激しく却下されて気を悪くしたのか、深衣奈は素っ気ない態度になって、

「それじゃあ、我慢するしかないわね」

「そんなぁ～」

半泣きになった樺恋が、深衣奈にすがりつく。

「なんとかしてくださいよぉ～」

「……って言われてもねぇ」

深衣奈があきらかに所詮《しょせん》はひとごと、という顔をしているのを見て取ると、樺恋は彼女にし

がみついたまま、

「わかりました。それじゃあ、わたし、このままここでおもらしします」

「わぁー、待った、待った！」

樺恋《かれん》の自爆《じばく》戦法に、深衣奈《みいな》が顔を引きつらす。

「わかったわよ。わかったから、ちょっと落ち着いて……」

「とても、落ち着いてなんかいられません～」

そりゃ、そうだろう……と思いつつ、深衣奈は樺恋から身を離《はな》すと、部屋の襖《ふすま》に手を掛けた。

「わたしが先に行って様子を見てくるから、あんたは合図したらついてきて」

まずは襖を細く開け、隙間《すきま》から外を窺《うかが》う。二階の廊下にひとの気配はない。深衣奈は襖を開けて部屋の外に出ると、足音を忍ばせて階段の降り口までやってきた。そこから首をのばして階下の様子を窺っていると、半開きになったダイニングの引き戸から麻郁《まいく》が姿を現した。なんだかんだと理由をつけて、椿《つばき》を階下に引き留めていたものの、それにも限界がきたらしい。麻郁は、自分につづいてダイニングから出てきた椿に向かって、

「じゃあ、今から二階に行きますね」

言わずもがなのことを、妙に大きな声で口に出したのは、二階にいるふたりへの警告のつもりなのだろう。深衣奈はあわてて自分たちの部屋にとって返すと、うしろ手で襖を閉めた。

「どうでした？」

と、樺恋が訊《き》くと、深衣奈は立てた人差し指を唇に当て、

「シッ！　静かに」

どうやら、ちゃんと自分たちの部屋でおとなしくしてるみたいだな……。

二階にあがった麻郁は深衣奈と樺恋の姿が見えないことにホッとしながら、自分の部屋の引き戸を開けた。

「さ、どうぞ」

キルト地の手提げを持った椿が中に入ると引き戸を閉めて、ベッドを指し示す。

「椅子《いす》ひとつしかないんで、そこ座ってもらえます？」

椿はマットを剝《は》がされたベッドに少し怪訝《けげん》な顔をしたが、それについてはなにも訊かずに腰をおろした。麻郁は机の前の回転椅子に腰をおろすと、身体《からだ》ごと彼女のほうを向き、

「えーっと、それで頼《たの》まれてた仕事の件なんですが……実は、ほとんど進んでなくて」

「やっぱりね。ヘンにそわそわしてるから、そんなことだと思ったわ」

どうやら椿は、麻郁の態度が怪しいのは、苺《いちご》の頼んだ仕事が進んでないせいだと思ってくれたようだ。

「あまり無理を言うわけにもいかないけど、なるべく早くお願いするわね」

椿はそう言うと、膝《ひざ》に置いた手提げの中から分厚い紙の束を取り出した。

「これ、追加の資料なんだけど、とりあえず渡しとくわね」

「あの、深衣奈《みいな》さん……」

襖《ふすま》に耳を押しつけた深衣奈に、傍らに立つ樺恋《かれん》がヒソヒソ声で訊く。

「いったい、どうしたんですか？」

「麻郁《まいく》が二階にあがってきたのよ」

声をひそめて深衣奈が言うと、樺恋は鋭《するど》く息を吸い込んだ。

「そッ、それじゃあ、わたしはどうすれば……」

「あわてないで」

深衣奈は今にも泣き出しそうな樺恋に、

「むしろ、これはチャンスよ。麻郁たちが自分の部屋から出てこないようなら、その隙《すき》に下におりてトイレに行けるじゃない」

「だったら……」

すぐにも部屋を出たそうな樺恋を、深衣奈が厳しい顔で制する。

「待って。もう少し様子を見てからでないと」

「でも、そろそろ限界なんですけどぉ～」

樺恋は深衣奈のTシャツの袖《そで》をつかむと、切ない声で訴えた。立ったままもじもじと内腿《うちもも》をすりあわせるその姿は、見ているだけで、こっちまで催してきそうだ。

どうやら、大丈夫みたいね。

深衣奈は、隣《となり》の部屋に入ったふたりが差し当たり出てくる気配がないので、細く開けた襖の隙間から外の様子を窺《うかが》った。そうして、廊下には誰《だれ》の姿もないのを確認すると、襖を敷居《しきい》に沿って音もなくすべらせる。

「さあ、今のうちに」

と促され、樺恋はへっぴり腰で廊下に出た。一刻も早くトイレに行きたいのはやまやまだが、不用意に走ったら漏らしてしまいそうなので、太腿《ふともも》をぴったり閉じ合わせたまま、そろそろと前に進む。そんなことをしているあいだに、隣の部屋から麻郁が顔を出すのではないかと深衣奈はハラハラしたが、さいわいにもそうしたことは起きずにすんだ。階段をおりる樺恋の姿が視界から消えると、思わず大きなため息が出る。

よかったぁ……。

こっちも見つからないうちに、と思って深衣奈が襖を閉めようとしたとき、突然、それまで静かだった隣の部屋から華やかな笑い声が聞こえてきた。

なに、盛りあがってんだろ？

興味をひかれた深衣奈が、今の自分の立場も忘れて、隣室《りんしつ》の前に忍び寄る。さっき様子を覗《のぞ》きに行ったときにチラッと見ただけだが、客は女だった。麻郁は「先輩《せんぱい》」と言っていたから、ひとつかふたつ年上なのだろう。キッチンに立つうしろ姿は、遠目に見てもわかるほどスタイルがよかった。彼女は、いったいなにをしにきたのだろう？　麻郁《まいく》にとって、彼女はただの先《せん》輩《ぱい》なのだろうか？　それとも……。

そんなふうに考えていくと、来客から自分たちの存在をひた隠しにしようとする麻郁の態度が、妙に不自然なものに思われてくる。深衣奈《みいな》は少しためらってから、息を殺して引き戸に耳を押しつけた。

「神城《かみしろ》クンのって、おっきぃんだぁ～」

驚《おどろ》いた顔が目に浮かぶような女性の声が、いきなり耳に飛び込んでくる。

深衣奈は、ハッと身体《からだ》を堅くして、
おっきい？　それって、ナニが……？

「そんなことないですよ、普通ですって」

麻郁が照れたように言う。

「でも、うちのお父さんのよりずっと大きいわ」

お父さんのより大きい？　つまり、それって、すっかりオトナってこと？

ナニを想像したのか、盗み聞きをする深衣奈の鼓動が速くなる。

再び麻郁の声で、

「これで、十九ですよ」

十九センチってことは、だいたいこれぐらい……。

具体的な数値を聞いて、深衣奈の頭の中のスクリーンに具体的な映像が映し出された。

「そうなんだ……」

「ま、あんま大きくっても、意味ないんですけどね」

「そうかなぁ……わたしは大きいに越したことはないと思うけど」

なんか、あけすけな女ね。

深衣奈の顔に、ムッとした表情が浮かぶ。

「それに、神城クンのは色もキレイで、いいわよねぇ」

確かに、ピンクだったしね。

初めてこの家を訪れたとき、うっかり見てしまったモノが深衣奈の脳裏に甦《よみがえ》る。

「ね、ちょっとさわってもいい？」

さ、さわるって、真っ昼間から、どーゆーつもりよ？

あまりにも大胆な申し出に、深衣奈の顔が真っ赤になった。

いくらなんでも断るだろうと思っていたら、麻郁はいともあっさりと、

「いいですよ」

「ダメぇ――――――ッ！」

興奮のあまり我を忘れた深衣奈は、耳を押しつけていた引き戸を勢いよく開けると、自分の

思い浮かべたものに背中を突き飛ばされるようにして、部屋の中に飛び込んだ。そこでは、はりのある胸のふくらみをあらわにした椿《つばき》が、反り返った麻郁《まいく》の分身を愛《いと》おしげになでさすって――いたりはしなかった。麻郁は机の前の椅子《いす》に座っていて、椿はその傍らに立ち、マウスパッドに手を掛けている。突然の闖入者《ちんにゅうしゃ》にふたりとも目をまるくして、驚《おどろ》きの声もあげられないようだ。

想像していたのとはまったく違った光景を前にして、深衣奈《みいな》も言葉を失い立ち尽くす。どうやら、部屋の中のふたりが話題にしていたのは、麻郁のパソコンのことらしい。大きいだの、きれいだのと言っていたのは、机の上の液晶ディスプレイについてなのだろう。

とんだ勘違いって、ワケね……。

深衣奈は胸の前で左右の腕を交差させてバツ印をつくると、唖然《あぜん》として自分を見つめるふたりに、

「今のはリセット！」

と言ってから、ひきつった口元に気弱な笑みを浮かべ、

「……ってワケにはいかないよね」

「ふぅーッ……」

トイレの引き戸を閉めた樺恋《かれん》が、心の底からため息をつく。なんとか無事に用をすませた彼

女の顔は、それまでの反動で弛緩《しかん》しきっていた。トイレの中で天国を垣間見《かいまみ》た目は、温泉卵のようにとろんとし、口元も、今にもよだれが垂れそうなほどゆるんでいる。そのまま雲を踏《ふ》むような足取りで廊下をふらふら歩いていた樺恋が、ちょうど玄関に差しかかったとき、それを待っていたようにチャイムが鳴った。

あ、誰《だれ》かきた。

頭の中に霞《かすみ》のかかった樺恋は、麻郁に言われたことも忘れて三和土《たたき》におりる。ぼんやりとした表情のまま引き戸を開けると、そこには麻郁のクラス担任の風見《かざみ》みずほが立っていた。麻郁が樺恋と深衣奈の存在を、もっとも知られたくないと思っていた学校側の人間——もちろん、樺恋にはそんなことまではわからなかったが、うっかり引き戸を開けてから、自分が家主の言いつけを破ってしまったことだけは理解したようだ。

しまった！

ゆるみきっていた顔が、途端に真っ青になる。

一方、てっきり麻郁が出てくるものと思っていたみずほは、玄関を開けてくれたのが見知らぬ少女であることにとまどいつつも、

「あの、わたし、神城《かみしろ》クンの担任で風見みずほと申します。今日は神城クンに……」

みずほの言葉は、まったく樺恋の耳には入っていなかった。

お仕置き……正座……健康サンダル……スクワット……。

真っ白になった樺恋《かれん》の脳裏を、深衣奈《みいな》に吹き込まれたお仕置きのイメージが駆けめぐる。

「にゅぅう～」

負荷に耐えきれなくて、頭の中のブレーカーが落ちたらしく、樺恋はくたりとその場にくずおれた。

「あッ！」

驚《おどろ》いたみずほが、樺恋にあわてて手を差しのべる。

「ちょ、ちょっと、どうしたの？　なんで、気絶しちゃうワケ？」

「えーっと、簡単に言うとですね……」

麻《ま》郁《いく》は茶の間の座卓の前に座ると、樺恋と深衣奈と同居することになったいきさつを説明しはじめた。彼から見て右手の座卓の長い辺には手前からみずほと椿《つばき》が並び、左手にはそれと向き合うかたちで、樺恋と深衣奈が座っている。彼女たちの姿を見られたからには、もう隠すことはできないと、麻郁は椿とみずほにすべてをぶちまけることにしたのだ。

「簡単に」と言ったわりには長くかかった説明がすむと、椿は大きくうなずいて、

「やっぱり、そーゆーコトだったのね」

「やっぱりって、先輩《せんぱい》、気づいてたんですか？」

「当たり前でしょ。玄関に、どう見たって神城《かみしろ》クンのとは思えないサイズの靴が二足もあるん

だもん。理由はともかく、家の中に女のコがいるんだなってことは気づくわよ」

　自分があまりにもまぬけな見落としをしていたことを指摘され、麻郁は愕然《がくぜん》とした。これでは、まさに「頭隠して、尻《しり》隠さず」だ。そんな肝心なことにも気づかずに、ドタバタしていた自分が、とんだピエロに思えてくる。

「それに、会長にも思わせぶりなこと言われてたしね」

「あら、織部《おりべ》さんもそうなの？」

　みずほが意外だという顔で言うと、麻郁はもっと意外だという顔で、

「……ってことは、先生も？」

「ええ。わたしも森野《もりの》さんに、神城クン、なにか悩みがあるみたいだから、様子を見てきたほうがいいんじゃないかって言われたの」

　それで、生徒思いのみずほは休みの日を利用して、自主的な家庭訪問にきたということらしい。

　まったく、なに考えてんだよ、あのひとは……。

　微塵《みじん》も内面を窺《うかが》わせない苺《いちご》のポーカーフェイスを思い浮かべて、麻郁は心の中で舌打ちをした。できるなら、今すぐ彼女を捜し出し、真意を問い詰めたい気持ちだ。しかし、今はそれよりも先にすることがある。

「あの、ふたりにお願いがあるんですけど……」

麻郁《まいく》は椿《つばき》とみずほに真剣な顔を向け、

「このこと、できたら、秘密にしといてほしいんです」

「わたしは別にかまわないけど……」

椿はそう言いながら、隣《となり》のみずほの顔を見た。

「いいわ、わたしも秘密にしておくわ」

みずほがあっさりうなずくと、椿は驚《おどろ》いた顔をして、

「いいんですか、先生？」

「だって、しょうがないじゃない。深衣奈《みいな》さんも樺恋《かれん》さんも、他《ほか》に行くとこがないんだし」

「でも、男と女がひとつ屋根の下に暮らすんですよ？　なにか、間違いがあったりしたら
……」

「大丈夫よ。だって、ふたりと神城《かみしろ》クンは兄妹《きょうだい》なんでしょ」

「それは、どちらか片一方だけです。もう一方とは他人なんですよ」

椿はまるで、教師のみずほが反対してくれなくては困る、と言わんばかりの口ぶりだ。

「確かにそうだけど、だからと言って、必ず間違いが起こるとはかぎらないんじゃ……」

「いいえ、起こります。起こらないほうが不思議です！」

頭ごなしに決めつけられて、深衣奈がムッとした顔をする。

「なんか、ヤよねぇ……自分がそーゆーコトしそうだからって、こっちもそうだって思われる

の」

「なんですって！」

カッとなった椿が、顔を赤くして身を乗り出した。

「深衣奈！」

麻郁が鋭《するど》い声を出すと、深衣奈がプイと横を向く。

「ちょっと、みんな、喧嘩《けんか》はダメよ」

みずほは険悪なムードの中に割って入ると、

「いいこと思いついたから、ここはわたしに任せて」

なにを言い出すのかと、全員の視線がみずほに集中する。

「わたしと織部《おりべ》さんは、深衣奈さんと樺恋さんのことを秘密にする。神城クンはふたりと間違いを起こさない。それを約束して、わたしと神城クンとで指切りするの」

しばらくの沈黙《ちんもく》ののち、麻郁が他のみんなの気持ちを代表して訊《き》いた。

「指切り、ですか？」

「ええ、指切りよ」

みずほは本気で、いいことを思いついたと思っているらしく、得意げな顔をしている。だが、まわりの反応が妙なのに気づくと、急にうろたえだして、

「あの、わたし、なにか間違ったかしら？　この地域って、大事な約束をするときは指切りを

するんじゃないの？」

「いや、それは全国的にそうですけど……」

と麻郁《まいく》が答えると、みずほはホッとした顔になり、

「なら、いいじゃない。全国的にそうなら、そうしましょうよ」

「はぁ……」

前々から、どこかズレたところのある先生だとは思っていたが、まさか、これほどとは思わなかった。頭のネジがゆるんでいるというよりは、よその星で作った別のネジがはまっているようだ。椿《つばき》も深衣奈《みいな》も毒気を抜かれた様子で、その点に関しては、みずほの突飛な提案はそれなりの効果はあったと言えるかもしれない。

納得のいかない表情のまま、麻郁が小指を立てると、みずほがそれに自分の小指をからめてきた。

「それじゃあ、約束の内容を確認するわよ。わたしと織部《おりべ》さんは、深衣奈さんと樺恋《かれん》さんのことを秘密にする。神城《かみしろ》クンはふたりと間違いを起こさない。これで、いいわね」

麻郁が小さくうなずくと、みずほは、なにか一言いいたげな周囲の視線を跳ね返すように元気よく、

「指切りげんまん、嘘《うそ》ついたら、針千本のぉーますッ！」

　麻郁《まいく》が控えめなノックの音に返事をすると、自室の引き戸が細く開けられて、パジャマ姿の深衣奈《みいな》が顔を出した。

「なんだ？」

「お風呂《ふろ》、あいたわよ」

「わかった。あとで入る」

　パソコンのディスプレイに向かってキーボードを叩《たた》いていた麻郁が、その手を休めもせずに、面倒臭そうに答える。いつもなら、学校が休みの日は一日プログラミングの仕事をしているのだが、今日は昼間の一件で、それどころではなかった。気分を切り替えて、仕事に取りかかることができたのは、早めの夕食がすんでからだった。

「あの……」

　もう、いなくなったと思っていた深衣奈に声を掛けられて、麻郁はキーボードを打つ手を止めた。コンピューターチェアをまわして、身体《からだ》ごと出入り口のほうを向く。

　物問いたげな顔の麻郁に向かって、深衣奈はおずおずと、

「ちょっといいかな？」

「いいけど。ちょっとなら」

　深衣奈は部屋に入ると引き戸を閉めて、ベッドの端に腰をおろした。麻郁がそれと向き合うように椅子《いす》の向きを変える。その拍子に目が合うと、深衣奈はスッとうつむいた。そうして、

自分の足先に視線を落としたまま、

「今日は、その……ごめん」

「あ、ああ……」

あまりにもストレートな謝罪の言葉に、麻郁がとまどった顔をする。

「あんなことになっちゃって、ホント、ごめん。反省してます」

「もう、いいよ」

日頃《ひごろ》なにかと反抗的な深衣奈に素直に頭をさげられて、麻郁はかえって気まずさを感じたようだ。早く会話を切り上げたそうな素振りで、

「先輩《せんぱい》も先生も、おまえらのことは秘密にするって約束してくれたんだから」

「うん」

と、うなずきはしたものの、まだ、なにか言いたいことがあるのか、深衣奈はベッドから腰をあげようとはしない。少し不自然なほど間があいて、沈黙《ちんもく》に耐えきれなくなった麻郁が口を開きかけたとき、深衣奈が自分自身に言うようにポツリと、

「なんか、気になっちゃったんだよね」

「なにがだよ？」

「今日きた、麻郁の先輩のこと」

「気になる？　なんで？」

「だって、ほら、休みの日にわざわざ訪ねてきてさ」

「あれは生徒会の……」

「結構、美人だし、胸おっきいし、メガネっ娘《こ》だし」

「ちょっと、待て。なに考えてんだ、おまえ？」

「だから、その、カノジョだったりすんのかなぁ～って」

「バカ言うな！　俺《おれ》と先輩《せんぱい》はそんなんじゃ……」

とんでもない誤解に、麻《ま》郁《いく》が唾《つば》を飛ばして抗議する。

「わかってるって。今は、そうだってわかってるけど、急に家にきたときはわかんなくって」

「それで、気になって様子を見にきたってのか」

深《み》衣《い》奈《な》がこくんとうなずくと、麻郁は心底あきれた顔で、

「バカ」

「そだね」

深衣奈があっさり認めたので、麻郁は拍子抜けしたように、前のめりになっていた上体を椅《い》子《す》の背に預けなおした。

「あ、一応、言っとくけど、カノジョかどうか気になったのは、別にそーゆーコトだからじゃないからね。誤解しないでよ」

「そーゆーコトって、どーゆーコトだよ？」

「つまり、それは……」

口ごもった深衣奈は、なぜか頰《ほお》を赤くして、

「そーゆーコトよッ！」

「はぁ？　わけわかんねーよ」

「とにかく、なんてゆーか、カノジョだったら、居場所とられちゃうような気がしたのよ」

と言われても、麻郁はますますわけがわからない。

「あン？」

片方の眉《まゆ》を跳ねあげて、見るからに訝《いぶか》しげな顔をすると、深衣奈は、もう少し詳しい説明が必要だと感じたらしく、

「ほら、わたしと樺恋《かれん》って、いわば、おジャマ虫じゃない」

「そうだな」

「うわッ、ひどッ！　否定しないんだ」

「しねーよ」

麻郁の冷たい反応にもめげず、深衣奈が先をつづける。

「だからさ、もし、麻郁にカノジョがいて、それが休みの日とか学校終わってからもしょっちゅうくるようだったら、わたしたち、ほんとに居場所がないわけで……それって、やっぱ、つらいかなって」

「バカ」

「ンもぉ、さっきから、バカバカ言わないでよ」

「言うよ、何度でも」

麻郁《まいく》は、これ以上ないくらいまじめな顔で、

「全然わかってねーよーだから、もっぺん言うぞ。ここの家主は俺《おれ》なんだ。だから、俺が居ていいっつったら、居ていいんだよ。以上」

麻郁の言葉が心に染み入るのを待つように、深衣奈《みいな》は少し間を置いてからうなずいた。

「うん、わかった。ありがと」

深衣奈は勢いをつけて立ちあがると、

「仕事の邪魔《じゃま》しちゃってごめんね」

と言って、出入り口のほうに向かおうとする。

「あ、そうだ」

「なに？」

「おまえ、ここにくるまでは、どこでどうしてたんだ？」

麻郁が深衣奈にそう訊《き》いたのは、まったくの気まぐれだった。

「俺みたいに、ずっと施設にいたのか？　それとも……」

深衣奈はベッドのそばに立ったまま、

「わたしさ、小学生のとき、施設からもらわれたんだ。お店とかやってる、結構、お金持ちのひとンとこに」

「そっか……」

「ずっと子供ができなくて、それで、身寄りのないわたしを……ってことになったみたい。最初は、すっごいかわいがられてさ。でも、わたしがもらわれて一年ぐらいしたら、ほんとの子供ができちゃって……」

深衣奈は立ちあがったときとは正反対の力ない動作で、再びベッドに腰をおろした。

「なんか、皮肉だよね。でも、今さら返すわけにもいかないからって、そのまま世話してもらってたんだけど、やっぱ、いろいろうまくいかなくて」

「つらいこと、あったのか」

「少し」

と返事をしてから、深衣奈は見ていて痛々しくなるほど無理に笑って、

「ううん、いっぱいかな」

「おまえ……」

「だから、逃げ出してきたの」

麻郁の言葉を遮って、深衣奈がつづける。

「ここんとこ、不景気でしょ。そのせいか、仕事に失敗して、家族で夜逃げすることになっち

やって。いい機会だから、わたし、途中でわざとはぐれて……自分たちも逃げてる身だから、こっちのこと探す余裕なんてないし、元からそんな気もないだろうし。きっと、向こうだってせいせいしてるわ」

そう言った深衣奈《みいな》の顔は、麻郁《まいく》が知っている彼女とは別人のように寂しげなものだった。

「でもね、最初はほんとにうまくいってたんだよ。あのコが生まれてくるまでは……」

あのコというのは、もちろん、深衣奈の養父母の実子のことだ。

「わかってる。別にあのコが悪いんじゃないってこと。でも……でも……」

それ以上は、もう言葉にならないのか、深衣奈は前髪が目元を隠すほど深くうなだれ、声を詰まらせた。今、聞いただけのことでは詳しい事情はわからないが、養父母の元で、よほどつらい目に遭ったようだ。実の親に捨てられ、施設で育ち、ようやく手に入れた温かな家庭。しかし、それも束《つか》の間《ま》の夢に過ぎず、あとには身の置き所のない、居心地の悪い日々が待っていた。きっと、深衣奈の胸には、自分の居場所を、あとからやってきた《あのコ》に奪われたという思いが強くあるのだろう。彼女が「麻郁のカノジョかもしれない女性」の訪れに対し、一般的な好奇心以上の興味をいだいたのも、そうしたトラウマから発した危惧《きぐ》によるものだったのかもしれない。

うつむいた深衣奈の目からこぼれた涙が彼女の膝《ひざ》に落ちた瞬間《しゅんかん》、麻郁は思わず、椅子《いす》を軋《きし》ませて立ちあがっていた。だが、声を殺して泣く少女を前にして、どうしていいかわからないらしく、掛ける言葉も見つけられずに、その場に立ち尽くす。男物のパジャマを着た肩が小刻みに震《ふる》えるのを見おろしながら、麻郁はなぜか、みずほと指切りをした小指が微《かす》かに疼《うず》くのを感じていた。

第4章　夢を探して

「うーん……」

バスタブに裸身を沈めた深衣奈《みいな》は、片手で持ったアルバイト情報誌とにらめっこをしながら、さっきから何度となく漏らしていたうめきを、また、口から絞り出した。雑誌を濡《ぬ》らさないよう注意しながらページを繰《く》ると、細かい文字に目を走らせて、

「フロアレディ募集、日給最低二万五千円、出勤日は相談、コスチューム無料貸与、ノルマなし、新規オープンなのでイジメ・派閥等はありません、と……あ、でも、これ資格は十八歳以上か。ざぁんねん」

「深衣奈さん、なにも、お風呂《ふろ》の中でまでそんなもの読まなくっても」

洗い場でプラスチックの椅子《いす》に腰をおろし、時間を掛けて、長い髪をていねいにトリートメントしていた樺恋《かれん》があきれたように言う。すると、深衣奈はバスタブの中で身を起こし、手のひらにすっぽり収まるサイズの胸のふくらみをあらわにし、

「なに言ってんの。事は一刻を争うんだから、のんびりとはしてらんないわよ」

「そうなんですか？」

女同士の気安さで、起伏に乏しい裸身を深衣奈《みいな》の視線にさらしたまま、樺恋《かれん》がのほほんとした口調で訊《き》いた。

「そうよ。樺恋は危機感なさすぎ」

深衣奈は雑誌を手にしたまま、バスタブの縁《ふち》から上半身を乗り出すようにして、

「いい？　いきなり、居候がふたりも増えたんだよ。いくら、わたしたちが家事を受け持って、それであいた時間を仕事にまわすっていっても、そんなに収入が増えるワケないんだから、家計はそりゃもう、火の車よ」

「火の車、ですか」

火の車という古めかしい言い方のせいか、樺恋は今ひとつピンとこないようだ。

「うちは今でも貧乏だけど、このままだと、貧乏の上に『ド』がつくようになっちゃうわ」

「そうなると、どうなるんですか？」

「そぉーねぇ……」

深衣奈はバスルームに漂う湯気を目で追いながら、

「まず、節約のため、おやつは抜きね」

「えぇッ！　それは重大問題です」

おやつの話が出た途端、樺恋には神城《かみしろ》家の経済危機が身近なものになったようだ。

「それから、ごはんのおかずも削らないとね。朝はメザシと納豆とみそ汁、昼はおにぎりとタクアンと卵焼き、夜はちょっとごちそうでツナ缶と味付け海苔《のり》ってとこかしら」

「そ、そんなのになっちゃうんですか？」

樺恋は相当ショックを受けたらしく、ゆっくり湯につかって桜色になっていた顔色が、今は真っ青だ。

「せめて、ツナ缶にマヨネーズを……」

「ダメダメ、そんな贅沢《ぜいたく》もってのほかよ」

「うう、貧乏は悲しいですぅ～」

樺恋が垂れ気味の目に涙を溜《た》めて言う。深衣奈は再び湯に身をひたし、バスタブの内側に背を預けると、情報誌のページに目をやった。

「だから、そうならないように、こうやって一生懸命バイト探してんじゃない」

「がんばってください」

と言って、樺恋が少年のものかと見まごうばかりに平らな胸の前で握りこぶしをつくる。

「……って、わたしだけじゃなくて、樺恋もがんば……」

突然、言葉を途切れさせると、深衣奈がバスタブの中で立ちあがった。

「どうしたんですか？」

と樺恋が訊《き》くのにも耳を貸さず、あわただしげにバスルームを出ていく。脱衣籠《だついかご》の上に置いてあったバスタオルをひっつかむと、深衣奈《みいな》はそれを身体《からだ》の前面にあてがい、雑誌を持ったままの手でアコーディオンカーテンを開けた。

「ちょっと、深衣奈さん！」

バスルームから顔を出した樺恋《かれん》が、隠すほどもない胸を左の二の腕で覆《おお》いながら声を掛けた。

しかし、深衣奈はそれを振り切って、身体も拭《ふ》かずに廊下を歩いてゆく。彼女は茶の間に入ると、部屋の隅のコンセントのそばに置かれた親子電話の子機を手に取った。しゃがみ込み、畳の上に置いた情報誌を見ながら、そこに書かれている電話番号をプッシュする。どうやら、条件のいいアルバイトの募集を見つけたようだ。子機を耳に当て、しばらく待つと電話がつながった。しかし、受話器の向こうと二言三言言葉を交わすうちに、深衣奈の顔から期待の色が消え、失望の表情がそれに取って代わる。

「そうですか。もう、決まっちゃいましたか」

風呂《ふろ》から裸で飛び出して、身体も拭かずに急いで電話したのに一足遅かったようだ。ため息をついて、子機を充電器に戻そうとしたとき、突然、開けっ放しになっていた茶の間の引き戸の隙間《すきま》から麻郁《まいく》が顔を覗《のぞ》かせた。

「おい。廊下、びしょ濡《ぬ》れ……」

夕食のあと、いつものように二階の自分の部屋で仕事に精を出していた麻郁は、コーヒーを飲むため階下におりてきたのだが、廊下に点々とつづく足跡を見て不審《ふしん》に思い、深衣奈の声がする茶の間を覗《のぞ》いてみる気になったようだ。その結果、麻郁は見てはならないものを見てしまい、深衣奈は見られてはならない姿を見られることになってしまった。

部屋の隅を向いてしゃがみ込んでいた深衣奈は、親子電話の子機を持ったのとは反対の手で、深く折った腿《もも》と胴体に挟んだバスタオルの上端をめくれないように押さえていた。そうやって、一応、前は隠したつもりでいたが、バスタオルをちゃんと身体《からだ》に巻きつけていないため、濡《ぬ》れた背中は剥《む》き出《だ》しだ。肉づきの薄《うす》い背中には、指先でなぞられるのを誘うかのように背骨がうっすらと浮き出していた。まだ硬さの残るヒップの真下には、すべらかな肌を伝って畳の上にしたたり落ちたしずくが小さな水溜《た》まりになっていて、それが見る者に卑猥《ひわい》な想像をさせる。

「あ……」

絶句した麻郁と、彼の声に振り向いた深衣奈との目が合った。

一瞬《いっしゅん》の静寂――。

次の瞬間、深衣奈は手にしていた子機を麻郁に向かって投げつけると同時に、けたたましい悲鳴をあげた。

「イヤア――――ッ！」

「バイトを探してたぁ？」

顔の真ん中に親子電話の子機を思いきりぶつけられて鼻の頭を赤く腫《は》らした麻郁が、片方の眉《まゆ》を吊《つ》りあげて言う。すると、茶の間の座卓を挟んで彼と向き合っていた深衣奈《みいな》が、きまり悪げにうなずいた。彼女と、その隣《となり》に座った樺恋《かれん》はパジャマ姿で、湯あがりのふたりの肌は健康的な桜色。一方、麻郁《まいく》のほうはTシャツにジャージという格好で、連日の夜更かしが祟《たた》ってか、目の下にうっすらと隈《くま》ができていた。

「けど、なんでバイトなんか……」

「なんでって、やっぱ、なにもかも麻郁に頼《たよ》りっぱなしってのも、どうかなと思って」

「余計なこと考えんなって。最初に言っただろ。あんたらふたりが家事をやって、それであいた時間、俺《おれ》が仕事を……」

「でも、それだと結構、苦しいんでしょ」

「そりゃ、まあ、そうだけど……」

ふたり分の新しい布団や食器、三倍になった食費、まだ請求書《せいきゅうしょ》がきていないのではっきりした額はわからないが、光熱費も増えているに違いない。確かに、麻郁が少し仕事を増やしたぐらいでは、出費に収入が追いつかないのが現状だ。

「だから、わたしたちがバイトすれば、麻郁も少しは助かるでしょ」

「そうです。わたしもツナ缶にマヨネーズがかけられるようにがんばります」

ターバンのように頭にバスタオルを巻いた樺恋が横から口を挟む。今ひとつ、なにを言いたいのかよくわからないが、アルバイトをする気になっているのは確かなようだ。

「ねぇ、麻郁。いいバイトのクチ知らない？　なにか、ってとかないの？」

「ンなモンねーよ。俺だって、こっちに越してから、まだ二ヶ月ちょっとなんだから」

「そっかぁ……麻郁、友達少なそうだもんね」

深衣奈ががっかりして言うと、樺恋が声をひそめて、

「ダメですよ、深衣奈さん。そんな、ほんとのコト言っちゃ」

悪気のかけらもないのがわかるだけに怒るわけにもいかず、麻郁が困った顔をする。深衣奈も、どんな顔をしていいかわからない、といった表情だ。

「んンッ」

麻郁はわざとらしく咳払《せきばら》いをすると、

「ところで、バイトもいいけど、おまえら学校行く気はないのか？」

「学校……ですか？」

樺恋が、そんな言葉は初めて聞いたとでもいうような、とまどった顔をする。

「そうだ」

と麻郁はうなずくと、深衣奈のほうを見て、

「深衣奈は高校、行ってたんだろ？」

「ええ、まあ」

深衣奈が曖昧《あいまい》な返事をすると、麻郁はそれ以上、彼女の過去に深入りするのを避《さ》けるように、

視線を隣《となり》の樺恋《かれん》に向ける。

「樺恋はどうなんだ?」

「わたしは……」

「行ってなかったのか?」

「いえ、行ってました。でも……」

「でも?」

と麻郁《まいく》が先を促しても、樺恋は言葉をつづけようとはしなかった。うつむいて、腿《もも》の付け根に置いた自分の手をじっと見ている。

いつまで経《た》っても答えが返ってこないのに業を煮やしたのか、麻郁は座卓に両手をついて立ちあがると、

「わかった。言いたくないんなら、無理して言わなくていい」

「すみません」

樺恋が消え入りそうな声で言う。茶の間を出掛かっていた麻郁はそれを背中で聞くと、振り返らないまま、

「いいよ、謝ンなくても。でも、学校のこと、一応、考えといてくれ」

「アルバイトか……」

昼休み、学校の中庭にあるベンチに腰掛けた麻郁は、誰《だれ》に言うともなくつぶやくと、求人情報誌のページを開いた。別に頼《たの》まれたわけではないが、やはり、居候のふたりがアルバイトを探しているとなれば、多少は気にかかる。いいのがあれば教えてやろうと思って、わざわざ学校にくる途中、コンビニエンスストアに寄って雑誌を買ってきたのだ。

どれどれ……。

午後の日射《ひざ》しを浴びながら、細かい字がびっしり並んだ誌面に目を凝《こ》らす。そうやって、ゆっくりページを繰《く》るうちに、いくつか目に留まったのもあったが、どれも帯に短し、たすきに長しといった感じで、なかなか「これだ！」というものがない。ひとつ、条件がぴったりなので、ドライブインのスナックコーナーの販売員というのがあったが、仕事内容に「簡単な調理」が含まれていたため、これは断念した。なぜなら、深衣奈《みいな》はともかく、樺恋は間違っても調理に携わるような仕事に就けるわけにはいかないからだ。多少のことなら、背に腹は代えられないと目をつぶるところだが、これは人命に関《かか》わることなのでそうもいかない。

うーん、意外と見つかンないもんだな……。

「バイト、探してるの？」

「うわぁ！」

誌面に集中しているときに、背後から突然、声を掛けられて、麻郁は手にした雑誌を取り落としそうになる。誰かと思って振り向くと、生徒会長の森野《もりの》苺《いちご》が立っていた。

「か、会長、いつの間に……」

驚《おどろ》きもあらわな麻郁《まいく》とは対照的に、苺《いちご》は相変わらずの無表情。麻郁の質問は無視して、平板な口調で訊《き》いてくる。

「プログラミングの仕事で忙しい神城《かみしろ》クンがアルバイト探しだなんて、どうゆう風の吹きまわし？」

「それは、その……」

麻郁が言葉に窮《きゅう》すると、苺はそれを待っていたように、

「アルバイト、いいのがあるわよ」

「え？」

「高校生ぐらいの女のコに向いてるのが。それも、ふたり一緒にできるようなヤツ」

「マジですか？」

「もちろん、マジよ」

と言われて、思わず身を乗り出した麻郁だが、さすがに、こちらの頭の中を覗《のぞ》き見たかのような苺の言葉に気味の悪さを感じたらしい。

「ちょっと待ってください。会長、なんで、俺《おれ》がそんなバイトを探してるってわかるんですか？」

麻郁が訝《いぶか》しげな顔で訊くと、苺は唇の端をわずかに吊《つ》りあげ、うっすらと笑みに似た表情を

浮かべ、

「情報収集の賜《たまもの》よ」

「お待ちどぉさまぁ～」

と言いながら、深衣奈《みいな》が茶の間に入ってくると、湖に面した縁側《えんがわ》に腰掛け、膝《ひざ》の上に求人情報誌をひろげたままうとうとしていた樺恋《かれん》は、ハッと身を堅くした。深衣奈に、自分が昼食の用意をしているあいだ、アルバイトを探しておくようにと言われたのに、日射《ひざ》しの心地よさに誘われて、つい、居眠りをしてしまったようだ。あわてて声のしたほうを向くと、片手にサンドイッチの皿とグラスがふたつ載った盆を持ち、もう一方の手で作り置きの麦茶が入ったペットボトルを提げた深衣奈が畳の上を歩いてくる。

「どう？　なにか、いいのあった？」

「いいえ、それがなかなか見つからなくて……」

樺恋の隣《となり》に腰をおろした深衣奈は、自分と彼女のあいだに盆とペットボトルを置いた。ふたつのグラスに冷えた麦茶を注《つ》ぎながら、

「ま、居眠りしてちゃ、見つかるモンも見つからないかもね」

「し、してませんよ、居眠りなんか！」

「よだれ、垂れてるわよ」

「え？」

樺恋《かれん》があわてて口元をぬぐうのを見て、深衣奈《みいな》は、プッと吹き出した。

「ウソウソ、じょーだん」

「もぉ、深衣奈さんたら……」

樺恋が怒ってぶつ真似《まね》をすると、彼女の鼻先に深衣奈が麦茶の入ったグラスを突きつける。

「はい、お茶」

「あ、すみません」

樺恋がグラスを受け取ると、深衣奈は自分の作ったサンドイッチを手に取って、

「今日はサンドイッチよ」

「具はなんですか？」

「こっちがハムとチーズとレタス。で、こっちがツナとキュウリ。あと、パンの耳は揚げて砂糖を振ってあるから、今日のおやつはそれね」

「さすが、深衣奈さん。経済的なメニューです」

「まあね」

と言って、深衣奈がサンドイッチにかぶりつく。

「それじゃあ、わたしもいただきます」

ツナサンドを手に取った樺恋は、それを一口かじって顔をほころばせた。

「マヨネーズ、ちゃんと使ってありますね」

「今のところはね」

深衣奈は口をもぐもぐさせながら返事をすると、頬張《ほおば》ったものを流し込むため、自分のグラスから麦茶を飲んだ。

「でも、この先はわかんないわよ。サンドイッチの具がキュウリとマーガリンだけにならないように、いいバイト探さなきゃ」

「そうですね。わたしもがんばります」

「……って、居眠りしてたクセに」

「だからぁ、してませんってぇ～」

「はいはい」

深衣奈は自分の分のサンドイッチを手早く平らげると、新しくグラスに注《つ》いだ麦茶を一息に飲み干した。

「ふぅー」

ため息をついてからグラスを置くと、上体をうしろに倒して仰向《あおむ》けになる。縁先《えんさき》から垂らした膝《ひざ》から先をぶらぶらさせて、

「あー、なんか、こう、どかーんと儲《もう》かる仕事ってないかなぁ」

「そうですねぇ……」

鏡のように凪《な》いだ湖面を眺めながら、のろのろとサンドイッチをかじっていた樺恋《かれん》が気の抜けた相槌《あいづち》を打つ。

「時給何百円っとかってゆー、ちまちましたんじゃなくて、人生一発大逆転!……ってカンジのさ」

「あるといいですねぇ～」

「あったらいいわよねぇ……」

張り合いのないやりとりが途絶えると、深衣奈《みいな》はしばらくのあいだ、ぼんやりと天井を見上げていた。こうやってじっとしていると、湖のほうから吹いてくる微《かす》かな風が、キュロットパンツの裾《すそ》からのびる剝《む》き出《だ》しの脚をなでてゆく。すぐそばでサンドイッチを食べる樺恋が立てる穏《おだ》やかな音を、なぜか心地よいものに感じつつ、深衣奈は眠ってはいないが、さりとて起きてもいない状態へと意識を漂わせていった。徐々におりてきたまぶたが完全に閉じられようとした瞬間《しゅんかん》、なにが頭に閃《ひらめ》いたのか、深衣奈は突然、身を起こし、

「そうだ!」

大声に驚《おどろ》いた樺恋が、飲みかけていた麦茶にむせる。

「な、な、なんですか?」

「売るのよ!　《不思議ちゃん》をつかまえて!」

「ええッ!」

樺恋は軽く握ったこぶしを口元に当て、

「そんな、ひどいです。いくら貧乏だからって、わたしを売り飛ばすなんて……」

「違うわよ。《不思議ちゃん》は《不思議ちゃん》でも、樺恋じゃなくて、ほら、わたしが駅で見つけて連れてきた、黄色くってちっこい……」

「ああ」

と、樺恋は納得した顔になる。しかし、すぐに眉《まゆ》を八の字にして、

「それでも、やっぱり、ひどいですよぉ～」

「しょうがないでしょ。これから毎日、おやつ抜きになってもいいの？」

「うぅ、それはヤですけど」

「それじゃあ、決まりね」

深衣奈が目をらんらんと輝《かがや》かせて立ちあがる。

「でも、深衣奈さん、《不思議ちゃん》って高く売れるんですか？」

「え？」

深衣奈は一瞬《いっしゅん》、虚を突かれた表情になったが、

「そりゃあ、売れるんじゃないの。最近、変わったペットってはやってるみたいだし」

「《不思議ちゃん》って、ペットになるんですか？」

「そんなこと知ンないわよ」

「それ以前に、あれって動物なんでしょうか？」

「動物なんじゃないの。物食べて、動いてたし」

「けど、あんなの他《ほか》に見たことないですよ」

「だから、価値があるんじゃないの。いわゆる、珍獣《ちんじゅう》ってヤツで……」

言っているうちにだんだん自信がなくなってきたのか、深衣奈《みいな》の声が尻《しり》すぼみになる。すると、樺恋《かれん》が妙に真剣な顔をして、

「深衣奈さん、わたし、前から思ってたんですけど、《不思議ちゃん》って、ひょっとして宇宙人なんじゃないでしょうか」

「宇宙人？　まさか……」

笑い飛ばそうとした深衣奈の顔が、その途中で、液体窒素を噴《ふ》きつけられたようにこわばった。

「もしかして、あのUFO騒《さわ》ぎのときの……」

樺恋が顔に似合わない、重々しいしぐさでうなずいた。

「きっとそうです。《不思議ちゃん》は、あのとき地球にやってきたんです」

今から二年ばかり前の夜、この家のそばの湖に、奇怪な光る物体が飛来した。複数の目撃者《もくげきしゃ》の証言から、あれはUFOに違いないということになり、テレビ局が取材にくるまでの騒動《そうどう》になった。もっとも、騒ぎはすぐに収まって、全国的には、あっという間に忘れ去られてしまっ

たが、深衣奈も樺恋も、そして麻郁《まいく》も、昼のワイドショーで放映された現場中継を見て、写真に写っていた家を見つけただけに、彼女たちにとっては忘れられない出来事となっていた。

「それじゃあ……」

深衣奈はゴクリと生唾《なまつば》を呑《の》み込《こ》むと、縁側《えんがわ》に腰掛けている樺恋の顔を上から覗《のぞ》き込み、

「樺恋、これはとてつもないビジネスチャンスよ」

「はい？」

「いい？　宇宙人を捕まえたってことになったら、そりゃもう、世界中が大注目よ。取材殺到、テレビ出演のオファーもガンガンで、ギャラはガッポガッポ」

「ガッポガッポですか」

「そう、ガッポガッポよ！」

もう札束をつかんだ気になったのか、深衣奈は左右の手のひらを上に向け、十本の指をわきわきさせる。

「テレビに出まくって一躍《いちやく》お茶の間の人気者になったら、《不思議ちゃん》のキャラクター商品をバカバカ出して、そのライセンス料でウハウハよ」

「キャラクター商品って、いったいどんなのが出るんですか？」

「そぉねぇー、まず、マグカップでしょ。それから、ケータイのストラップ。セットした時間になると『のぉーッ！』て鳴る目覚まし、クリアファイル、下敷《したじ》き、団扇《うちわ》、ボトルキャップや

ガチャガチャのフィギュア、ステッカー……あと、宇宙人だけにUFOキャッチャーの人形ははずせないわね」

「いっぱい出るんですねぇ～」

「他《ほか》にも、すっごい大きな抱き枕《まくら》とかも出るかも」

身の丈よりも大きな《不思議ちゃん》の抱き枕を思い浮かべた樺恋《かれん》は、微《かす》かに口元を引きつらせ、

「それはあんまり欲しくないかも」

「うッ、確かに」

樺恋と同じものを脳裏に浮かべたのか、深衣奈《みいな》も彼女と同じ表情になる。しかし、すぐにそれを振り払うように勢い込んで、

「それはともかく、わたし、前に雑誌で読んだことあるんだけど、キャラクター・ビジネスって、ものすごく儲《もう》かるんだって。一発当たると、空から札ビラが降ってくるみたいな感じらしいわよ」

「空からお金が……」

天からたくさんの一万円札がひらひらと舞《ま》い落ちてくるのを想像したのか、樺恋がうっとりとした顔になる。

「そうなったら、おやつも食べ放題ですね」

「なにセコイこと言ってンの。それどころか、バスタブにお湯のかわりに万札入れて、それにつかりながら左右にはべらせたビキニギャルの肩抱いてシャンパンが飲めるわよ」

「そーゆーのは、ちょっと……」

「とにかく、めちゃくちゃ儲かるってこと。麻郁《まいく》だって大喜びよ」

そう、麻郁だって、きっと……。

捕らぬ狸《たぬき》の皮算用をする深衣奈の脳裏に、山と積まれた札束を前にして、目をまるくしている麻郁の姿が浮かんだ。

「これって、いったい……」

「ま、わたしが本気を出せばこんなモンよ。好きに使ってちょうだい」

「いいのか、ほんとに？」

「もちろんよ。わたしたち、ひとつ屋根の下で暮らしてる仲じゃない。わたしのものは、麻郁のもの。麻郁のものは、わたしのものよ」

「そうか、ありがとう。深衣奈、おまえが俺《おれ》のところにきてくれて、ほんとによかったよ」

「ヤダ、麻郁ったら……そんなこと言われたら、照れるじゃないの」

深衣奈が都合のいい妄想《もうそう》に耽《ふけ》る一方で、樺恋も同じように身勝手な想像にひたっていた。

そっか、お金いっぱい儲かったら、麻郁さんも喜んでくれるんだ……。

想像の中で、樺恋は麻郁の手を引いてバスルームに入ると、縁《ふち》まで紙幣《しへい》に満たされたバスタ

ブを指さして、

「麻郁《まいく》さん、お金です」

「うわッ、どうしたんだ？　こんな大金」

「《不思議ちゃん》がキャラクター・ビジネスでガッポガッポのウハウハなんです」

「そっかぁ……なんだか、よくわかんないけどうれしいよ」

「さ、どうぞ入ってください。シャンパンも用意してあります」

「ありがとう。そうだ、せっかくだから樺恋《かれん》も一緒に入らないか」

「ええッ！　そんな、恥ずかしいですぅ」

「いいじゃないか。深衣奈《みいな》とは、よく一緒に入ってるんだろ。だったら、俺《おれ》とも……」

「でもでもぉ～」

赤らんだ顔を両手で挟み、樺恋が身体《からだ》をくねくねさせる。深衣奈も甘い想像に口元をゆるめ、ちょっとひとには見せられない表情だ。そうやって、そろって妄想《もうそう》に耽《ふけ》っていたふたりは互いの目と目が合うと、突然、顔をキリリと引《ひ》き締《し》めて、

「樺恋」

「深衣奈さん」

互いの名を呼び合ったふたりは、相手の目の中に自分が胸にいだいているのと同じ決意の色を見て取った。

「今から《不思議ちゃん》を捕まえに行くわよ」

深衣奈が握りこぶしを作って言うと、勢いよく立ちあがった樺恋が張り切った声で返事をする。

「はい！」

食べ終えた昼食の後片づけもそこそこに、ふたりは早速、《不思議ちゃん》を探しはじめた。まずは家の中をくまなく見てまわったが、黄色い奇妙な生き物は影《かげ》もかたちも見当たらない。考えてみると、深衣奈がこの家に連れてきて以来、《不思議ちゃん》はおやつの時間になると、いずこからか現れてお相伴《しょうばん》に与《あずか》るようになっていたが、それ以外のときはどこにいるのか、まったく不明だった。ふたりがおやつを食べていると、匂《にお》いに釣られたようにふわふわ飛んできて、与えられたお菓子を貪《むさぼ》り食うと、いつの間にかいなくなっている。どこからきて、どこへ行くのか、さっぱりわからない。

結構な時間を掛けて、食器棚の裏やトイレの貯水槽《そう》の中まで覗《のぞ》いても見つからない以上、《不思議ちゃん》は普段は家の中にはいないと考えたほうがよさそうだ。ひょっとすると、エサを貰《もら》うときだけ目当ての家を訪れる、通いの野良《のら》猫みたいなものなのかもしれない。そう判断した深衣奈と樺恋は、家の外へ探しに行くことにした。もっとも、ただ闇雲《やみくも》に探しまわっても見つからないだろうと思って、おやつに用意していた揚げたパンの耳にグラニュー糖を振ったのをビニール袋に詰めて持って出る。つまり、エサで釣ろうというわけだ。

外に出たふたりは揚げたパンの耳を片手に持って、家のまわりをうろつきはじめた。

「不思議ちゃーん、どこですかぁ～」

「おいしいのあげるから、出てきなさいよぉー」

樺恋《かれん》と深衣奈《みいな》は姿の見えない《不思議ちゃん》に呼びかけながら、家のまわりを巡った。だが、《不思議ちゃん》はふたりの声に応《こた》えて姿を現してはくれず、いたずらに時間だけが過ぎてゆく。

「どう？ 見つかった？」

家の裏手を探していた樺恋が玄関の前に戻ってくると、庭を取り囲む繁《しげ》みの中を探っていた深衣奈が、そちらに近寄りながら訊《き》く。すると、樺恋は首を左右に振って、

「ダメでした。見つからないです」

「そう……こっちも、ダメ」

残念そうに言った深衣奈が、樺恋の持つビニール袋に、ふと目を留めた。そこには、揚げたパンの耳が入っているのだが、いつの間にやら中身が家を出たときの半分に減っている。

「パンの耳、ずいぶん減ってるみたいだけど」

「すみません。おいしそうだったんで、つい……」

見ると、樺恋が今、手に持っているパンの耳も囓《かじ》りかけだ。どうやら、《不思議ちゃん》を探しながら、手にしたパンの耳を食べては、また新しいのを袋から出す、というのを繰《く》り返《かえ》し

ていたらしい。

「もぉ、あんたが食べてちゃダメじゃない。それは、《不思議ちゃん》をおびき寄せるためのエサなんだから」

「ごめんなさい。でも、これ、食べはじめるとクセになって」

「しょうがないわね」

深衣奈はため息をひとつつくと、樺恋ばかりが食べるのは不公平だとでも言うように、自分が手にしていたパンの耳を囓った。それをもぐもぐやりながら、

「それにしても、《不思議ちゃん》、いったいどこにいるのかしら？」

家の中にも、その周囲にもいないとなると、捜索範囲《はんい》が広くなりすぎて、どこから手をつけていいかわからない。いつものように、向こうから現れるのを待つしかないのかとも思うが、《不思議ちゃん》を捕まえて一儲《ひともう》けしようと考えた途端に、今にも他《ほか》の誰《だれ》かに見つけられて、夢に描いた大金を横取りされるような気がして、じっと待っていることはできそうにない。

深衣奈は口の中のものを呑《の》み込《こ》むと、

「とりあえず、あのコを見つけたあたりを探してみよっか」

「それって、駅のとこですよね」

「そうよ。もしかすると、あのへんに住処《すみか》があるかもしれないし」

方針が決まれば、グズグズしてはいられないと、深衣奈は湖岸沿いの道へとつづく坂道をの

ぼりはじめた。樺恋《かれん》もそのあとにつづき、ふたりは最寄りの無人駅へと向かう。

「《不思議ちゃん》、駅で見つかるでしょうか？」

「わかんないけど、他《ほか》に探すあてもないし、とりあえず行ってみましょ」

早足で歩いてきたせいか、駅に着いたとき、ふたりの肌はうっすらと汗ばんでいた。もともと、たいして客の乗り降りがある駅ではないが、この時間帯は停《と》まる列車の間隔も大きく開いていて、あたりにはまったくと言っていいほどひとの姿はない。まずは、深衣奈《みいな》が《不思議ちゃん》を最初に見つけた待合室を覗《のぞ》いてみる。だが、期待に反して、そこには《不思議ちゃん》の姿はなかった。ベンチの下にも顔を突っ込んでみたが、《不思議ちゃん》はもちろん、その住処《すみか》とおぼしいものも見当たらない。

深衣奈と樺恋は仕方なく、さっき家のまわりでやったように、パンの耳を片手に駅の周囲を歩きまわりはじめた。

「不思議ちゃーん、出てきてくださぁーい」

「出ておいでよぉ～、なんにもしないからさぁ」

そうやって、ふたりは駅のまわりを探したが、汗を掻《か》くばかりで、《不思議ちゃん》を見つけることはできなかった。探していないときは向こうから寄ってくるのに、いざ、見つけ出そうとするとなかなか見つからない。まるで、こちらの邪《よこしま》な意図に感づいて、姿を隠してしまったかのようだ。

一時間も、そうしていただろうか。いいかげん探し疲れたふたりは、駅の待合室で一休みすることにした。ベンチに腰をおろした樺恋は、手にしたパンの耳をしげしげと見て、

「やっぱり、プリッチでないとダメなんでしょうか」

「そんなことはないと思うけど……」

確かに《不思議ちゃん》のいちばんの好物はスティックタイプのスナック——プリッチだが、それ以外のお菓子も喜々として食べていたので、パンの耳にエサとしての魅力《みりょく》を感じないということはないはずだ。

「深衣奈さん、どうします？」

「どうするって……探すっきゃないでしょ」

「けど、どこを？」

「とりあえず、駅のまわり、もう少し範囲《はんい》を広げて探してみましょ」

「なんか、さっきから『とりあえず』ばかりですね」

「しょうがないでしょ。わたしだって、宇宙人なんか探すの初めてなんだから」

深衣奈は怒ったように言うと、ベンチから腰をあげ、

「さあ、のんびりしてないで捜索続行よ」

「はあ～い」

ふたりは待合室から出ると、再びパンの耳片手に駅の近くをうろつきはじめた。さっきまで

のように駅舎の周囲だけでなく、少し離《はな》れた繁《しげ》みの中や、近くの田んぼへとつづく用水路も覗《のぞ》いてまわる。

「ねぇねぇ、あなたたち、さっきからなにしてるの？」

背後から突然、声を掛けられて、道の脇《わき》の草むらの中を探っていたふたりは、あわてて振り向いた。セーラー服姿で学生鞄《かばん》を提げた少女が、興味津々《しんしん》といった顔で、こちらを見ている。パンの耳を持って、あちこちを覗きまわっている深衣奈《みいな》と樺恋《かれん》の姿に、好奇心をいたく刺激されたようだ。

「あ、あの、わたしたち《不思議ちゃん》を探してるんです」

「不思議ちゃん？」

樺恋の言葉に、少女が不思議そうに首を傾《かし》げた。

「あ、いや、なんてゆーのかな、こんくらいの大きさで、黄色くって、ときどき『のぉー』って鳴く、なんだかよくわかんない生き物なんだけど……」

《不思議ちゃん》ではわからないだろうと、深衣奈が樺恋の言葉を補足する。それを聞いた少女は、顎《あご》に人差し指を当て、

「それって、もしかしたら、まりえのことかな」

「まりえ？」

「うん。今、言ってたみたいなの、学校でときどき見かけたひとがいるんだって。なんでかは

よく知ンないけど、みんな、それのこと、そう呼んでるみたい。正体は謎《なぞ》で、宇宙人だってゆーひともいるみたいだけど……」

見知らぬ少女の口から出た思わぬ手掛かりに、深衣奈が興奮した面持ちになる。

「それって、ほんと？　あの黄色いのって、学校にいるの？」

深衣奈の気迫に押されて、少女はたじたじとなる。

「いつもそうかはわかんないけど、見たってゆーハナシは、たまに聞くよ」

「そっかぁ、そんなとこに……」

深衣奈は口の中でつぶやくと、少女の目を正面から覗き込むようにして、

「あなたの学校って、どこにあるの？　場所、教えてくれない？」

「いいけど……」

少女が自分の通う高校までの道順を教えると、深衣奈は彼女に礼を言い、すぐにもそちらに向かおうとする。

「あ、待って」

そそくさと背を向けた深衣奈と樺恋を少女が呼び止めた。

「わたしのお兄ちゃん、天文部に入ってるんだけど、宇宙人とかそーゆーのに詳しいんだ。まだ、部活で学校に残ってると思うから、まりえのこと訊《き》いてみたら？」

「わかった。天文部ね」

振り向いた深衣奈《みいな》に少女はつづけて、

「わたしのお兄ちゃん、跨《また》ってゆーの。四道跨《しどう》。天文部の四道って言えば、すぐわかると思うから」

「あれみたいね」

教えられたとおりの道を辿《たど》ってきた深衣奈は、道路を挟んだ正面に学校らしき建物が見えると、そう言って足を止めた。いつ頃《ごろ》に建てられたものなのか、大きく開け放された正門の向こうには古びた木造の校舎があり、「コ」の字型のそれを屋根を越す高さの木々が取り巻いている。

「深衣奈さん、どうします？」

と樺恋《かれん》が訊《き》くと、深衣奈は、なにを今さらという顔で、

「どうするもこうするも、行って、《不思議ちゃん》を探すに決まってるじゃない」

「でも、勝手に入ると怒られるかもしれませんよ」

確かに、一目で部外者と知れる格好で校内をうろつくのはまずいだろう。

「それに、ここって、麻郁《まいく》さんの通ってる学校なんじゃ……」

「え？」

深衣奈は道路越しに目を凝らすと、正門の門柱にはめ込まれたプレートの字を読んだ。

「県立木崎《きざき》高等学校……ほんとだ。麻郁の高校ね、ここ」

「わたしたちが学校にきたなんてことがバレたら、また怒られちゃいますよ」

「確かに、そうね」

これまでのことを考えると、まず「怒られる」という程度ではすまないだろう。今度こそ、本当に家を追い出されるかもしれない。

「ど、ど、どうします？」

「どうって……ここに《不思議ちゃん》がいるかもしんないのよ。このまま引き返すってワケには行かないでしょ」

「けど、もし、麻郁さんにわたしたちがきたことがバレたら……」

「だったら、バレないようにすればいいのよ」

そう言うと深衣奈は横断歩道を渡って、学校の正門前へと向かう。あわてて樺恋がついていくと、深衣奈は正門をくぐらずに、学校の敷地《しきち》を取り囲む柵に沿って歩を進め、裏門にまわった。

「深衣奈さん、やっぱりやめたほうが……」

「いいから、いいから。わたしに考えがあるから、黙《だま》ってついてきて」

深衣奈は腰の引けている樺恋の手を取ると、左右を素早く見まわして、ひとの姿がないのを確認してから敷地の中に入った。中庭へとつづく道を通らずに、繁《しげ》みの中をくぐって校舎の裏に出る。

「深衣奈《みいな》さん」

「シッ！」

校舎の壁《かべ》にぴったりと背中を張りつけた深衣奈が、なにか言おうとする樺恋《かれん》を鋭《するど》く制した。

彼女は頭を低くしてそばの窓の下にもぐり込むと、そろそろと窓枠の縁《ふち》から目だけを出して中の様子を窺《うかが》う。窓の向こうは教室だった。放課後の今、中に生徒の姿はない。それでも、用心深く、さらにもう少し様子を窺ってから、深衣奈は窓枠に手を掛けた。それを、樺恋が息を詰めて見守っている。不用心なことに、そして、深衣奈たちにとってはさいわいなことに、窓には鍵《かぎ》が掛けられていなかった。木の窓枠を押しあげて窓を開くと、深衣奈は教室の中に身軽に忍び込む。開いた窓から手招きし、小声で、

「樺恋、早く！」

樺恋は窓枠に両手をつくと、力を込めて身体《からだ》を押しあげる。そうやって、窓の隙間《すきま》に上半身を入れ、地面から浮いた足を無様にバタバタさせていると、深衣奈が両脇《りょうわき》の下に手を入れて、中に引っ張り込んでくれた。

「もぉ、なにやってんのよ」

「すみません。学校に忍び込むのって、あんまり慣れてなくて」

「わたしだって、慣れてないわよ！」

状況が状況だけに、深衣奈は思わず語気が強くなる。

「そ、そうですよね。深衣奈さんだって、こんなこと、しょっちゅうやったりしてませんよね」

深衣奈は、その問いを無視すると、黒板があるのとは反対の壁に接して置かれた棚に近づいた。縦三段、横十列に仕切られた木製のそれには、生徒の持ち物が雑多に押し込んである。深衣奈は手近な一角からカラフルなデザインの巾着《きんちゃく》袋を引っ張り出すと、キュッとすぼめられた口を開いて中を見た。

「ビンゴ！」

目当てのものを見つけて、うれしそうな声をあげる。

「深衣奈さん、なにをするつもりなんですか？」

「着替えるのよ。学校の中をうろついても怪しくない格好にね」

そう言うと、深衣奈は巾着袋の中から出した体操服とスパッツをそばの机の上に置いた。

「でも、そんな、ひとの物を勝手に……」

「ちょっと借りるだけよ。なにも持って帰って、ネットオークションに出そうってワケじゃないんだから」

「ですけど……」

「グズグズしてないで、樺恋もさっさと着替えて」

深衣奈はアウターとインナーのシャツをまとめて脱ぐと、キュロットパンツから足を抜く。

こうなっては、もう、しょうがないと、樺恋《かれん》は自分も棚に押し込まれていた巾着《きんちゃく》袋を取って、口を開いた。だが、中を覗《のぞ》き込んだ途端、酸っぱい匂《にお》いに鼻の頭を叩《たた》かれ、巾着袋を放り出す。

「うにゃッ！」

「どしたの？」

「うぅ、ハズレだったみたいですぅ〜」

どうやら、男子の、それもかなり長いあいだ洗濯《せんたく》していない体操服が入っていたようだ。

「バカねぇ。もっと、見るからに女のコっぽいの選びなさいよ」

と言われて、樺恋が別の巾着袋を探しているあいだに、深衣奈《みいな》はさっさと着替えてしまう。

「ほらほら、早く」

「は、はい」

樺恋はブラウスとスカートを脱いで下着姿になると、巾着袋の中から体操服を引っ張り出した。それを頭からかぶろうとした彼女は、そばに立つ深衣奈が、自分の胸元をまじまじと見ていることに気づくと、

「なんですか、深衣奈さん？」

「あ、いや、樺恋って、ほんと胸ないなぁ〜と思って」

小学校高学年の女のコが初めて着けるようなカップのついてないソフトブラに包まれた樺恋のバストは、それに相応《ふさわ》しいささやかなサイズで、ナニかを挟むどころか、揉《も》むことだってで

きそうにない。

不躾《ぶしつけ》な評に顔を赤らめた樺恋は、自分の幼いふくらみを手に持っていた体操服で隠すと、

「そーゆー深衣奈さんだって、たいして大きくないじゃないですか」

深衣奈のバストも、中学一年のときからブラのサイズが変わっていない筋金入りのAカップで、とても自慢げにひとに見せられるものではない。

「でも、樺恋よりはマシだもーん」

「うぅ〜」

樺恋は胸のかわりに頰《ほお》を膨《ふく》らませると、うっすらと汗の匂《にお》いがする体操服を着て、スパッツをはいた。ふたりは脱いだ服を、見つからないよう机の中に押し込むと、互いの格好を見て、

「どう？　これなら、どっから見ても部活してる女子ってカンジでしょ」

「ですけど、顔を麻郁《まいく》さんに見られたら……」

「そこは、そうならないことを祈るしかないわね」

「そんなぁ〜」

考えがあるから、ついてきてと言われたのに、今になってそんなことを言われたのでは、たまったものではない。

「はいはい、それじゃあ、こうしましょ」

深衣奈は樺恋の背後にまわると、髪に結ばれていたリボンをほどいた。ほどいたリボンを左

手の薬指と小指のあいだに挟んだまま、すべらかな黒髪を三つ編みにして、一本の太いおさげにする。深衣奈《みいな》はおさげの先にリボンを結ぶと、

「どう？　これなら、パッと見ただけじゃ、樺恋《かれん》だってわからないはずよ」

もちろんそんなことはないが、ひとの言うことを信じやすい樺恋には、一応、気休めにはなったようだ。

「じゃ、今から《不思議ちゃん》を探しに行くわよ」

「あの……」

教室から出ようとした深衣奈に、おさげの先をつまんだ樺恋がおずおずと声を掛けた。

「なに？　まだ、なんかあるの？」

「わたし、おさげにするなら二本に分けたほうが似合うと思うんですけど……」

振り向いた深衣奈の眉《まゆ》の片方が、電撃《でんげき》でも浴びたように跳ねあがるのを見て、樺恋はあわてて、

「……って、今は、そんなこと言ってる場合じゃないですよね」

「わかればよろしい」

教室を出た深衣奈は、人気《ひとけ》のない廊下をずんずん歩いてゆく。樺恋はそのあとを追いながら、

「深衣奈さん、なにかあてがあるんですか？」

「とりあえず、天文部の四道《しどう》ってひとのとこに行ってみましょ」

また、「とりあえず」……と樺恋《かれん》は思ったが、今度は口に出さないでおく。

深衣奈《みいな》は校舎から中庭に出ると、まわりを見まわし生徒の姿を探す。すぐに、裏門から帰るつもりなのか、そちらへとつづく道へと向かおうとする開襟《かいきん》シャツ姿の男子生徒が見つかった。

「すみませーん」

声を掛けられ立ち止まったのは、色の浅黒い大柄な少年だった。髪を脱色し、ほとんどなにも入っていなさそうな学生鞄《かばん》を薄《うす》くつぶしているところを見ると、あまり真面目《まじめ》なタイプではないようだ。

「なに？」

「天文部って、どこで活動してるか知ってます？」

と深衣奈が訊《き》くと、相手の少年はちょっととまどった顔をして、

「天文部って、跨《またぐ》がひとりでやってるアレか？」

「そうそう、それです」

運のいいことに、この生徒は天文部の四道《しどう》跨なる人物と、かなり気安い仲のようだ。

「あんなとこになんの用があるんだ？」

「それは、その……」

まさか、宇宙人を捕まえるのに有用な手掛かりを得るためとは言えない。

「まあ、ちょっと、いろいろで」

と深衣奈が言葉を濁《にご》すと、少年はうさん臭そうな表情を顔に浮かべたが、それでも、天文部が放課後、活動場所にしている教室を教えてくれた。深衣奈と樺恋が礼を言って立ち去ろうとすると、彼はふたりに向かって、

「余計なお世話かもしんないけど、マジでアイツとは、あんま関《かか》わり合いになんねーほうがいいと思うぜ」

「失礼しま〜す」

と言いながら、深衣奈が教室の引き戸を開けると、隅の席で退屈そうに科学雑誌を読んでいた男子生徒が、誌面からあげた顔を彼女のほうへと向けた。

「あのぅ、天文部って、ここでいいんですよね？」

「そうだけど」

深衣奈と樺恋が教室の中に入ってくると、怪訝《けげん》な面持ちだった男子生徒は、パァッと顔を輝《かがや》かせ、

「ひょっとして、キミたち、入部希望？」

「いや、そーゆーワケじゃないんですけど」

深衣奈は曖昧《あいまい》に笑ってごまかすと、がらんとした教室の中を見まわした。

「あの、他《ほか》の部員のひとは？」

「いないよ。今ンとこ、部員はボクひとり」

と言ってから、天文部の唯一の部員は、アメリカ人のように肩をすくめてつけ足した。

「いやー、困っちゃうよねぇ～。星空を見上げて、大宇宙に思いを馳《は》せる……科学的探求心とロマンを同時に満たすこの趣味《しゅみ》、高尚すぎるせいか、なかなか理解者がいなくてさ」

「はぁ」

この時点で深衣奈《みいな》はこのまま帰りたくなったが、なんとか気を取り直して、

「それじゃあ、あなたが四道跨《しどうまたぐ》さん？」

「あれ？　どうして、ボクの名前知ってるの？」

「妹さんに聞いたんです。あなたなら、わたしたちの手助けをしてくれるかもって」

「キミたち、晴子《はるこ》の知り合いなのか」

一度会っただけだが、まあ、知り合いには違いないだろう。深衣奈が涼しい顔でうなずくと、跨は笑顔になって、

「そっか。だったら、放ってはおけないな。なんてったって、妹の友達は、ボクにとっては妹みたいなもんだからね」

深衣奈は内心、どーゆー理屈だ、と思ったが、なんにしろ、手助けしてもらえるならそれに越したことはない。

「ところで、キミたち、名前は？」

「わたしは、み……」

うっかり本名を名乗りそうになった深衣奈はあわてて、

「みかんです。で、こっちがりんご」

「え……」

いきなり「りんご」にされた樺恋《かれん》が、とまどった顔をする。

「みかんちゃんに、りんごちゃんか。なんか変わった名前だね」

深衣奈は他《ほか》のひとならいざ知らず、「跨」なんて奇妙な名を持った相手に言われたくないとは思ったが、ここは笑って、

「よく言われます」

「でも、もぎたてフルーツ、果汁たっぷりってカンジで悪くないよ」

跨が意味不明の感想を述べると、それを聞いた樺恋が声をひそめて深衣奈に訊《き》いてくる。

「深衣奈さん、このひと、なに言ってるんでしょう？」

「わたしに訊かないでよ」

「ん、どしたの？」

「な、なんでもありません」

深衣奈はひきつった笑顔でその場を取り繕《つくろ》うと、

「それより、わたしたち、四道さんに手助けしてほしいことがあるんですけど……」

「四道《しどう》さんだなんて、堅苦しいなぁ。もっと気安く、お兄ちゃんって呼んでくれてもいいんだよ」

「遠慮《えんりょ》しときます」

笑いながらも深衣奈《みいな》がきっぱり断ると、跨《またぐ》が心底、残念そうな顔をする。

「それで、手助けしてほしいことなんですけどぉ～」

「あ、そうだったね。なんでも言ってよ」

深衣奈は、やっと本題に入れることにホッとしながら、

「わたしたち、不思議ちゃ……じゃなくて、まりえを探してるんです」

「まりえを？　なんで？」

「えーっと……あ、ほら、科学的探求心とロマンですよ」

「なるほど」

深衣奈が苦し紛れに言った理由を聞いて、跨は、なぜか納得したらしい。

「じゃあ、手伝ってもらえるんですね」

「もちろんさ」

跨は大きくうなずくと、

「でも、キミたち運がいいよ。まりえを探してて、その手助けをボクに頼《たの》みにくるなんて。なにしろ、ボクはまりえについてはちょっと詳しいからね」

「なら、居場所にも心当たりがあるんですか？」

「まあね」

「だったら、早速……」

「ちょっと待って」

すぐにも教室を飛び出そうとする深衣奈に、跨が待ったをかける。

「まりえを探しに行く前にひとつ訊《き》いときたいんだけど、キミたち、なんで体操服なの？」

「え……」

咄嗟《とっさ》に、いい言い訳を思いつけなかった深衣奈は、こうなったら開き直るしかないと、

「まずかったですか？」

「まさか！　サイコーだよ！　マーベラス！」

「そ、そりゃ、どーも……」

意外な反応に、さすがの深衣奈もたじたじとなる。

「惜しむらくは、メガネを掛けてないことだね」

「メガネ？」

深衣奈は首を傾《かし》げて、

「わたし、別に目は悪くないんですけど」

「チッチチッ」

と舌打ちしながら、跨《またぐ》は立てた人差し指をメトロノームのように左右に振った。

「目が悪いからメガネを掛けるなんて、前時代的な常識に囚《とら》われてちゃダメだよ」

「じゃ、なんのために掛けるんです？」

「かわいくなるために決まってるじゃないか」

「はぁ？」

「古式ゆかしいスタイルのメイドさん、巨乳なのに童顔《どうがん》の女教師、ひとなつっこいネコミミ少女、裸エプロンの幼妻、日焼けのあとがまぶしいスクール水着の女子、ひらひら衣装のおしゃまな魔女《まじょ》っ娘《こ》、白衣がまぶしい保健の先生、おさげの図書委員、初めての剃毛《ていもう》に恥じらう新人看護婦さん、間違って召還されたドジっ娘悪魔、褐色の肌に金髪がよく映える女性海軍士官……みんなそれぞれの魅力《みりょく》があるけれど、メガネを掛ければそれが、二倍、いや三倍にも四倍にもなるんだよ！」

「さ、さいですか……」

完全に深衣奈《みいな》が引いているのもおかまいなしに、跨はうっとりとした顔で、

「想像してごらんよ。そんなさまざまなメガネっ娘たちが、ご奉仕したくてすり寄ってくるところを！」

ダメだ。この生き物は頭の芯《しん》まで腐ってる。

深衣奈は最初に跨を見たとき、特徴もなければ魅力もない、まさしく、猫も跨《また》いで通りそう

なタイプだと思ったが、とてもそんななまやさしいものではなかったようだ。うっかり跨ぎでもしたら、変な病気がうつりそうだ。

「メガネ、お好きなんですね」

よせばいいのに、気味の悪さを感じて深衣奈の背後に隠れていた樺恋《かれん》が、おっかなびっくり言葉を掛けると、跨はそんなことを訊《き》かれるのは心外だとばかりに、

「決まってるじゃないか！　なにしろボクは、夜中、部屋に忍び込んで、寝てる妹にメガネを掛けさせ、こっそり写真をとろうとしたのがバレて、一週間口をきいてもらえなかった男だからね」

うわー、サイテー。

もし、自分がそんなことをされたら、仕返しに、寝てるあいだに両目のまぶたを瞬間《しゅんかん》接着剤でくっつけて、耳から溶かした鉛を流し込んでやるのに、と深衣奈は思う。そんな彼女の軽《けい》蔑《べつ》に満ちた視線に、跨は気づいたふうもなく、

「さて、無駄話はこれぐらいにして、そろそろまりえを探しに行こうか」

「どうも、いろいろありがとうございました」

そう言って、麻郁《まいく》は職員室の自分の椅子《いす》に座っている風見《かざみ》みずほに頭をさげた。

「いいのよ。受け持ちの生徒の相談に乗るのは、担任の仕事なんだから」

みずほは机の上に置いたポッチーの箱から、好物のスティックタイプのチョコスナックを一本抜き取ると、

「それにしても、こんなことまでしてあげるなんて、神城《かみしろ》クン、あのふたりのこと、とても大切にしてるのね」

「いや、まあ、なんつっても肉親ですから」

「でも、片方は違う……」

と指摘され、麻郁《まいく》はみずほの顔からわずかに目をそらせた。

「けど、片方は肉親です」

みずほは手にしたポッチーを一口かじると、

「どちらも、もう放っておけなくなっちゃったのね」

自分でもなるべく意識しないようにしていた、心の奥に生じた気持ちを言い当てられたような気がして、麻郁の表情が少し堅くなる。

「あの、それじゃあ、俺《おれ》はこれで……」

「ええ。あのふたりによろしくね」

麻郁は逃げるようにみずほの席から離《はな》れると、戸口のところで室内に向かって軽く頭をさげた。職員室を出ると、小さなため息がひとつ出た。とりあえず、これでひとつは片づいた。次は、もうひとつのほうだが……。

考え事をしながら廊下を歩いていた麻郁を、平板な声が呼び止めた。

「神城クン」

足を止めて振り向くと、びっくりするほど近くに苺《いちご》が立っている。

「わッ！」

麻郁は、相変わらず心臓に悪い現れ方をするひとだと思いつつ、

「か、会長……」

「神城クン、よかったら少し生徒会室に寄っていかない？　お茶をごちそうするわよ」

「すみません。俺、仕事があるんで……」

「そう……それは残念ね。頼《たの》まれてたバイトのことで、話があったんだけど」

「え？」

「でも、忙しいならしょうがないわね。呼び止めてごめんなさい」

苺はそう言うと、麻郁に背を向け、立ち去ろうとする。

「待ってください、会長。その話なら……」

立ち止まった苺は麻郁のほうを振り向くと、面白がるような笑みを口元にだけうっすら浮かべ、

「あら、時間ないんじゃなかったの？」

「あのぅ、本当にこれで、まりえちゃんが捕まるんでしょうか？」

樺恋《かれん》が声をひそめて訊《き》くと、跨《またぐ》は自信たっぷりに、

「心配しなくても大丈夫だよ。この時間帯、まりえはよくこのあたりで目撃されてるんだ。だから、待ってればそのうち現れる可能性は高いって」

「そうなんですか……」

まりえが現れるかどうかについては跨の言葉を信じるとして、樺恋が——そして、深衣奈《みいな》も不安に思うのは、それを捕まえるための「仕掛け」だった。仕掛けと言っても、元は家庭科室の備品でもあったのか、ゴミ捨て場に落ちていた汚れたプラスチックの籠《かご》を伏せ、その縁《ふち》につっかい棒をかませただけのもので、籠の下にエサとしてポッチーの箱が置いてある。つっかい棒には細いビニール紐《ひも》が結びつけてあり、その一端を校舎の陰に身を隠した跨が握っていた。つまり、食いしん坊のまりえがエサにつられて籠の下に入ったら、素早く紐を引いてつっかい棒を外し、伏せた籠の中に閉じこめてしまおうという寸法だ。跨は自信があるようだが、雀《すずめ》ならともかく、宇宙人と思われるまりえが、こんな古式ゆかしい方法で捕まえられるとは、ちょっと思えない。こうやって校舎の陰にしゃがみ込み、くるかどうかも定かではない獲物《えもの》を待っているのが、大変な時間の無駄に感じられる。

「けど、エサはあれでいいんですか？　まりえちゃんの好物って、プリッチだと思うんですけど」

「これだから素人は困るんだよ」

それじゃあ、あんたは、なんのプロなんだと、ふたりの会話を傍《そば》で聞いていた深衣奈が心の中でツッコミを入れる。

「ボクの研究に間違いはないんだから、信じて待ってれば、そのうち……」

と言った矢先、罠《わな》を仕掛けたあたりで、ガサッと物音がした。跨が紐を引くまでもなく、なにかがつっかい棒を倒したようだ。

「ほら、きた」

うしろを向いて樺恋と話していた跨は弾かれたように前を向くと、紐の端を持ったまま校舎の陰から飛び出した。深衣奈と樺恋もそれにつづいたが、ふたりは中庭のほうへ一歩踏《ふ》み出すなり、ギョッとして足を止める。彼女たちがそこに見たのは、仰向《あおむ》けに倒れたみずほに跨が馬乗りになっているところだった。

「あッ！」

深衣奈と樺恋の口から同時に驚《おどろ》きの声が出る。まさか、拾って食べようとしたわけでもあるまいが、中庭のはずれに仕掛けた罠のそばを通りかかったみずほは、落ちていたポッチーの箱に手をのばし、つっかい棒を倒してしまったらしい。それを跨は、まりえが罠に掛かったと勘違いして飛び出したのだ。校舎の陰から出て、跨もすぐにそのことに気づいたろうが、身体《からだ》の勢いは止めようもなく、結果として、前屈《まえかが》みになっていたみずほを押し倒すことになったというわけだ。

「つぅ～」

押し倒されたとき、地面で後頭部を打ったのか、みずほが顔をしかめながら身を起こそうとする。そんな彼女と目が合って、跨《またぐ》はやっと事態を呑《の》み込《こ》んだようだ。

「み、みずほ先生！」

「四道《しどう》クン……」

いったい、どうして……と、事情を問い質《ただ》そうとしたみずほは、自分の腰に馬乗りになった跨の手が、手に余るサイズの胸のふくらみを服の上からわしづかみにしているのに気づくと、耳をつんざくような悲鳴を口からほとばしらせた。

「いやぁ――――――ッ！」

跨はあわてて、たっぷりとしたバストから手を離《はな》し、

「い、いや、これは事故です！　ボクはまりえを捕まえようとしていただけで、こんなことするつもりはちっとも……あ、いや、先生の胸、全然さわりたくないかって言ったら嘘《うそ》になりますし、いろいろするとこ想像したりもしてましたけど、でも、こんな……」

パニック状態に陥った跨が言わなくていいことまで口走っている一方で、みずほは喉《のど》も裂けよとばかりに声を張りあげる。

「イヤッ！　イヤッ！　犯されるぅ――――ッ！」

「ちょっと、先生、なんてことを……」

そんなことを言っているあいだに、さっさとみずほの上からどけばいいようなものだが、跨はすっかり気が動転しているらしく、そこまで頭がまわらないようだ。そうするうちに、みずほの悲鳴を聞きつけて、放課後も校内に残っていた生徒が、わらわらと集まってくる。周囲を彼らに取り巻かれ、ようやく跨も事態のまずさをさとったのか、みずほの身体《からだ》の上から飛び退《の》いた。

「なんか、マズイことになったわね」

みずほが最初の悲鳴をあげるなり、すぐさま、元いた校舎の陰に引っ込んで、そこから様子を窺《うかが》っていた深衣奈《みいな》が、そばの樺恋《かれん》に囁《ささや》いた。

「深衣奈さん、どうします？」

「とりあえず、もう少し様子を見ましょ」

ふたりが息を殺して、校舎の陰から事態の推移を見守っていると、跨とみずほを取り囲んだ人垣を掻《か》き分《わ》けるようにして、メガネを掛けたひ弱そうな男子生徒が現れた。みずほはその生徒に駆け寄ると、相手の華奢《きゃしゃ》な身体に豊満なバストを押しつけるようにしてすがりつく。

「どうしたんですか、先生？」

と、メガネの生徒が訊《き》くと、みずほは目尻《めじり》に涙を溜《た》めて、

「四道クンが……四道クンがいきなり飛びかかってきて、わたしをアオカンしようと……」

「な、なに言ってるんですか！　今のは事故ですよ、事故！　ボクはただ……」

跨《またぐ》は必死に弁解するが、取り乱したみずほの口から出た「アオカン」の一言で、雰囲気が一気に険悪になる。

「うわー、マジかよ。こんなとこで青姦《あおかん》なんて」

「こんなとこだから、青姦なんだろ」

「そりゃ、そうだ」

「あ、わたし、あのひと知ってる。晴子《はるこ》ちゃんのお兄さんよ」

「ああ、なんかキモイって噂《うわさ》の……」

「いつかやるんじゃないかと思ってたんだ」

「ね、見て。なんか、紐《ひも》みたいなの持ってるよ」

「あれで、先生を縛るつもりだったのね」

「うわ、ひっどぉーい。動けなくして、なにをするつもりだったのかしら？」

「そりゃもう、あれやこれやいろいろだろ」

「人間として最低ね」

「つーか、ケダモノよ、ケダモノ！」

「ケーサツに突き出してやりましょ」

「いや、その前にちょっとシメといたほうがいいんじゃねぇか」

日頃《ひごろ》の行いのせいか、誰《だれ》も跨の言葉に耳を貸そうとする者はなく、放っておくと、リンチにかけられそうだ。しばらくのあいだ、深衣奈《みいな》はその様子を校舎の陰から見ていたが、やがて、決意を秘めた目を樺恋《かれん》に向けて、

「樺恋」

「はい」

「逃げましょう」


「それじゃあ、バイトの件はその線でお願いします」

用件がすむと、麻郁《まいく》は自分の前に置かれたカップに半分ほど紅茶が残っているにもかかわらず、席を立とうとした。

「せっかちね。せっかくお茶を淹《い》れたんだから、少しぐらいゆっくりしていけばいいじゃない」

校旗を背にした席に座った苺《いちご》は自分のカップを持ち上げて、中の紅茶を口に含んだ。今、生徒会室にいるのは、彼女と麻郁のふたりだけ。紅茶は安物のティーバッグだが、生徒会長が手ずから淹れてくれたものなので、残すとバチが当たりそうな気がしないでもない。だが、自分でもよくわからない理由で、妙に気がせいていた麻郁はパイプ椅子《いす》から腰をあげ、

「俺《おれ》、仕事がありますから」

「そう」

もっと引き留められるかと思ったが、苺《いちご》は意外とあっさりうなずいた。

「アルバイトが決まったこと、早く報《しら》せてあげたいのね」

「え……？」

思わぬ指摘に、たじろぐ麻郁《まいく》。

「いや、別にそういうわけじゃ……」

と否定しながらも、そう言われたことで、急に、今、胸の中を占めている明るい焦燥感の正体が、それのような気がしてきた。このまま部屋を出ると、苺の指摘を認めたことになりそうで、なんとなく帰りそびれていると、開けた窓の外からけたたましい女性の悲鳴が飛び込んできた。甲高いわめき声に、駆けつけてきたひとのざわめきが重なり、騒《さわ》がしい。

「なにかあったのかしら」

苺はカップを置くと、立ちあがって窓から外を見た。これを、いいきっかけだと思った麻郁は、窓際の小さなうしろ姿に向かって、

「会長、それじゃあ、俺《おれ》はこれで……」

「居候のふたりによろしくね」

苺は振り向いてそう言ったが、窓の外ではよほど興味深いことが起きているのか、すぐに視線をそちらに戻す。麻郁は彼女の素っ気ない態度に、かえってホッとしながら、そそくさと生徒会室を出た。

「まいったわねぇ……」

校舎と同じく、古めかしい佇まいの講堂の裏まで走ってきた深衣奈《みいな》は、そう言ってしゃがみ込んだ。ペンキの剝《は》げかかった講堂の壁《かべ》に背を預けると、同じように隣《となり》でしゃがみ込んだ樺恋《かれん》が荒い息をつきながら、

「わたしたち、逃げてきちゃってよかったんでしょうか？」

「しょうがないでしょ。あんな騒ぎに巻き込まれて、万が一、わたしたちがここの生徒じゃないってバレたらどうするの？」

深衣奈は体操服の襟《えり》をつまむと、胸元が覗《のぞ》けるぐらい引っ張って、

「この体操服だって、無断借用なんだから、泥棒扱いされかねないわ」

「ううッ、わたしたち、もう、お天道様の下を歩けない身なんですね」

「辛気《しんき》くさいこと言わないの！　とにかく、まりえさえ捕まえれば、人生一発大逆転よ」

「けど、どうやって捕まえるんですか？」

そう訊《き》かれ、深衣奈は、グッと詰まってしまう。跨《また》ぐがあんなことになってしまった以上、唯一の手掛かりも失われ、先行きは暗いと言わざるをえない。

「はぁーッ……」

深衣奈は深いため息をつくと、

「いつもなら探さなくても、向こうからやってくるのに、いざ捕まえようとすると、どうして見つかんないのかしら」

「そうですよねぇ」

と、樺恋《かれん》が相槌《あいづち》を打つ。

「いつも、おやつ食べていると、どっからか、あんなふうにふわふわと飛んできて……」

「そう、あんなふうにふわふわと……」

深衣奈《みいな》と樺恋は、手をのばせば届きそうなところを、本当にまりえがふわふわ飛んでいるのに気づくと、目をまるくして言葉を途切れさせた。

樺恋は震《ふる》える指でまりえを指すと、

「ま、ま、まりえちゃんですよ、深衣奈さん！」

「わかってるわよ、そんなこと」

「ど、ど、どうしましょう？」

「捕まえるに決まってるでしょ！」

深衣奈はバネ仕掛けの人形のように立ちあがると、宙を漂うまりえに飛びかかった。しかし、まりえは彼女の手をするりとかわし、そのまま何事もなかったように飛んでゆく。

「追うわよ、樺恋」

「はい！」

深衣奈はあわてて立ちあがった樺恋をあとに従えて、まりえを追いはじめた。おやつのときなら呼ばなくても寄ってくるのに、今のまりえは、おいしいものを持っていない相手に用はないとばかりに、ふたりに見向きもしない。どこを目指しているのか、想像していたのよりずっと速い速度で、人間の目のあたりの高さを飛んでゆく。

「ちょっとぉ、待ってってばぁ～」

しゃかりきになってまりえを追いかける深衣奈を、樺恋がおさげを揺らして懸命《けんめい》に追う。ふたりはまりえにいざなわれるように、学校の敷地《しきち》内の雑木林を走り抜け、中庭を突っ切り、校舎の中に駆け込んだ。

「み、深衣奈さぁん……わたし、もうダメですぅ～」

息を切らせた樺恋が弱音を吐くと、深衣奈がそれを叱咤《しった》する。

「なに言ってンの。一攫千金《いっかくせんきん》は目の前なのよ！　がんばって！」

まりえは必死に追ってくる深衣奈と樺恋をからかうように、ふたりからは、捕まえられそうで捕まえられない距離《きょり》を保って飛んでいた。走りながらのばされた手の先が、何度か身体《からだ》をかすめたが、それをすいすいかわしつつ、人気のない廊下を不意に右に折れ、その突き当たりにあるトイレの中に飛び込む。あとを追う深衣奈は、そこが男子用であるにもかかわらず、足音荒く踏《ふ》み込《こ》んだ。

「あッ！」

中の様子を見た途端、深衣奈《みいな》の口から驚《おどろ》きの声がほとばしる。なぜなら、トイレの中でひとり、便器に向かって小用を足していたのが、他《ほか》ならぬ麻郁《まいく》だったからだ。ちょうど出すものを出して、小刻みに身体《からだ》を揺すって分身の先端からしずくを切っていた麻郁は、意外な闖入者《ちんにゅうしゃ》に、大事なモノをしまうのも忘れて、身体ごと出入り口のほうを振り向いた。

「深衣奈！　それに、樺恋《かれん》も……」

見てはいけないモノを見てしまった深衣奈がハッと息を呑《の》み、彼女から一拍遅れて男子トイレに駆け込んできた樺恋が大きく目を見開く。次の瞬間《しゅんかん》、深衣奈の口から悲鳴がほとばしり、樺恋はその場で気を失った。

「にゅう〜」

「それじゃあ、説明してもらおうか」

家に帰ってくると、麻郁は制服から着替えもせずに、茶の間の座卓の前にあぐらをかいた。座卓を挟んだ正面に並んで座った深衣奈と樺恋は、さすがに小さくなっている。

「いったい、学校に忍び込んで、なにやってたんだ？」

「まりえを、探してたの……」

深衣奈が言いにくそうに言うと、麻郁は眉根《まゆね》を寄せて、

「まりえ？」

「知らないの？　ちっちゃくって、黄色くて、『のーッ』て鳴いて、ふわふわ飛ぶヤツ」

「なんだ、そりゃ？」

「『なんだ』って、訊《き》かれても困るんだけど、麻郁の学校で、よく目撃《もくげき》されるらしいわよ」

「俺《おれ》はそんなの、見たことねーぞ」

「そうなんだ」

深衣奈は少し驚いた顔をすると、独り言のように、ぼそりとつけ足す。

「もしかして、心のきれいなひとにしか見えないのかな」

「そりゃ、どーゆー意味だ？」

「と、とにかく、そのまりえを捕まえたかったのよ」

「そんなの捕まえて、どーするつもりだったんだ？」

「それは……」

と深衣奈が口ごもると、かわりに樺恋が勢い込んで、

「まりえちゃんは、たぶん宇宙人だから、テレビのギャラがガッポガッポで、キャラクター・ビジネスでウハウハなんです」

「ちょっと待て。なにを言ってンのか、さっぱりわかんねーぞ」

やむなく深衣奈が、自分たちがまりえを探していたわけを説明すると、麻郁は心底、あきれた顔になる。

「バカ」

と短く言ってから、

「おまえら、ほんとバカだな。そんな、居もしないもの探して、金儲《もう》けしようとするなんて」

「まりえは、本当にいるんだってば」

「そうです。まりえちゃんは、本当にいます。わたし、何度も見てるし、おやつもあげたし……」

深衣奈《みいな》と樺恋《かれん》が声を揃《そろ》えて言うのを、麻郁《まいく》はうるさそうに遮った。

「わかった、わかった！　それより問題は、学校に忍び込んで、あんな騒《さわ》ぎを起こしたってことだ」

学校のトイレで出会ったあと、麻郁と深衣奈は気絶した樺恋を人目につかないところで介抱し、無断借用していた体操服を返し、三人で裏門から逃げるように学校を離《はな》れ……と、大変だったのだ。しかも、トラブルがこの程度ですんだのは不幸中のさいわいで、悪くすれば、もっと大変な事態になっていたかもしれないことを考えると、麻郁がツノを出して怒るのも無理はない。自分から言う必要のないことなので深衣奈は黙《だま》っていたが、まりえを捕まえようとして跨《また》が引き起こした一件のことを知れば、麻郁はさらに怒っただろう。

「まったく、家計の足しのバイト探しで、こんなにメーワク掛けられたんじゃ、たまんねーっつーの」

「そうだね、ごめん」

深衣奈にあっさり謝られ、麻郁は調子が狂ったらしい。

「いや、まあ、わかりゃいいんだけど……」

歯切れの悪い口調で言ってから、

「あと、余計なお世話かもしんねぇけど、バイト、探してきてやったからな」

「え？　それって、わたしたちの？」

意外な言葉に、深衣奈と樺恋は目をまるくする。

「当たり前だろ」

照れ隠しか、麻郁は殊更《ことさら》、素っ気なく言うと、

「ほら、前にスーパーで会った俺《おれ》の先輩《せんぱい》、生徒会長の森野《もりの》さんの友達の家なんだけど、縁川《へりかわ》商店ってとこの店員だ。時給は、まあ、それなりってとこだけど、ふたり一緒にできるからいいだろ」

麻郁が自分たちのためにアルバイトを見つけてきてくれた――。

すぐにはその事実が呑《の》み込《こ》めなくて、キョトンとしていた深衣奈と樺恋の顔に、ゆっくりと理解の色がひろがってゆく。やがて、明るい驚きを浮かべた顔に喜びの花を咲かせると、ふたりは口々に、

「麻郁、ありがとう！」

「うれしいですぅ〜」

深衣奈《みいな》も樺恋《かれん》も喜びのあまり、座卓越しに抱きついてきそうな勢いだ。麻郁《まいく》はそれから逃れるように立ちあがり、

「あと、高校のことも考えといてくれ。その気があるなら、うちの学校、途中編入もアリらしいから」

今日の放課後、麻郁がみずほのところに行ったのは、このことを相談するためだったのだ。

「それじゃあ、俺《おれ》は着替えてくるから。バイトの詳しい話は、あとでする」

麻郁はそそくさと茶の間を出ると、階段をあがって自分の部屋に入った。脱いだ開襟《かいきん》シャツをベッドの上に放り投げると、窓際に飾った写真——二階建ての一軒家を背景に、水遊びをする幼い頃《ころ》の自分と、おそらくは妹であろうと思われる幼女——が目に入る。見るともなしにそれを見ていると、今日の放課後、職員室でみずほに言われた言葉が脳裏に甦《よみがえ》った。

どちらも、もう放っておけなくなっちゃったのね——。

第５章　唇と唇と唇

「ご機嫌ですね、深衣奈さん」

バスタブの中で足をのばしていた樺恋が言うと、鼻歌まじりで身体《からだ》を洗っていた深衣奈はその手を止めて、

「そうかな？」

「だって、さっきから鼻歌全開ですよ」

「え？」

自分ではまったく意識していなかったらしく、深衣奈はちょっとバツの悪そうな顔をした。

「しょうがないじゃない。だって、明日から学校なんだよ」

いろいろ考えた末、深衣奈と樺恋は麻郁の勧めに従って、彼の通う高校の編入試験を受け、合格していた。煩瑣《はんさ》な手続きをすませ、新しい制服も届き、いよいよ明日から高校に通うことになったのだが、深衣奈はそれが楽しみでならないようだ。

「不思議だよね。学校、前はそんなに好きじゃなかったのに、なんか妙にウキウキしちゃって」

「それって、もしかして、麻郁《まいく》さんと同じ学校になるからじゃないですか？」

バスタブの縁《ふち》から身を乗り出した樺恋《かれん》が言うと、深衣奈《みいな》は顔を赤くして、

「な、なに言ってんのよ！　そんなワケないでしょ」

「でも、深衣奈さん、赤くなってますよ」

と、樺恋に指摘され、深衣奈はますます赤くなる。彼女は、それをごまかそうとするかのように、

「そーゆー樺恋は、どうなのよ？」

「わたしは別に……」

と言いつつも、改めて、明日から麻郁と同じ高校に通うのだと思うと、樺恋は頰《ほお》のほてりを抑えることができなかった。

「なによぉ、樺恋だって赤くなってるじゃない」

「これは、お湯に長く浸《つ》かってるから……」

「そうやってごまかすとこが、怪しぃ〜」

「ごまかしてるのは、深衣奈さんのほうじゃないですか！」

湯気の充満したバスルームに、ふたりの言い合う声が響《ひび》く。仕事の合間に、用を足すため二階からおりてきた麻郁はトイレの前で足を止めると、アコーディオンカーテンの向こうから聞こえる声に眉《まゆ》をひそめて、

あいつら、風呂《ふろ》でなに騒《さわ》いでんだ?

「えー、今日からこのクラスでみんなと一緒に学ぶことになった、クドウ……」

「先生、クドウじゃなくてミヤフジです」

おろしたてのセーラー服に身を包んだ深衣奈が名字の読みを訂正すると、黒板と教卓のあいだに立つ山田正臣《やまだまさみ》は彼女のほうをチラリと見て、

「ん、そうか。スマン」

正臣は深衣奈と樺恋が揃《そろ》って編入された一年A組のクラス担任で、年は三十前といったところだろうか。ボサボサの髪に、感情の動きをほとんど反映しない小さな目。顎《あご》には無精髭《ぶしょうひげ》がまばらに生えていて、ネクタイの締《し》め方もどこかだらしない。いささか古い言いまわしだが、見た目の印象を一言で言えば、「昼行灯《ひるあんどん》」という表現がぴったりとくる。猫背気味なので、あまりそうは見えないが、意外と上背があり、肘《ひじ》のところまでまくりあげたワイシャツの袖《そで》から覗《のぞ》く二の腕は、よく日に焼けていた。

「宮藤《みやふじ》深衣奈クンと……」

と言い直してから、正臣は「小野寺《おのでら》」に他《ほか》の読み方がないか少し考えてから、

「小野寺樺恋クンだ。みんな、仲よくするように」

自分の名前が書かれた黒板の前に並んで立つ深衣奈と樺恋に、生徒たちが好奇心に満ちた視

線を向ける。少しぎこちないながらも笑顔を作っている深衣奈《みいな》に対し、樺恋《かれん》は大勢に注視されるのが恥ずかしいのか、ポッと頬《ほお》を染め、うつむいた。名前通りの可憐《かれん》なリアクションに、男子生徒が微《かす》かなどよめきをあげる。

「おぉ～」

それが、さらに樺恋の羞恥心《しゅうちしん》を煽《あお》ったのか、彼女は耳まで真っ赤になった。深衣奈と樺恋が自己紹介をしているあいだも、男子生徒たちは「ふたりのうち、どちらが好みか」とか、「ふたりは、どんなタイプが好きなのか」など、やくたいもないことを囁《ささや》き交わしている。ふたりの自己紹介がすむと、正臣《まさみ》は深衣奈と樺恋を、教室のいちばんうしろのふたつ並んで空いている席に座らせた。

朝のホームルームが終わり、正臣が教室を出て行くと、早速、男子生徒たちが深衣奈と樺恋の席に群がってきた。しかし、それを押し退《の》けるようにして、三人の女生徒がたじろいだ顔の転入生の前に立つ。

「こんちわー」

三人は声を揃《そろ》えて明るくあいさつすると、右端に立っている、顎《あご》のラインで切り揃えた髪をふんわりとカールさせた女生徒が、

「わたし、佐川秋那《さがわあきな》」

つづいて、左端に立っている、セミロングの髪をストレートボブにした女生徒が、

「真下双葉《ましたふたば》よ。よろしくね」

そして最後に、ふたりに挟まれた女生徒が能天気な声を張りあげる。

「晴子《はるこ》だよー！」

深衣奈と樺恋は晴子の顔を見た途端、ギクッと身体《からだ》を堅くした。なぜなら、彼女こそ、《不思議ちゃん》こと、まりえを探していたときに、それがこの学校でよく見かけられることを教えてくれた少女だったからだ。彼女から得た情報を元に、その兄の跨《またぐ》を頼《たよ》ってここに潜入《せんにゅう》したときに起きた騒動《そうどう》は、ふたりにとっては二度と思い出したくもないことだった。どうやら、あの騒《さわ》ぎに不審《ふしん》な少女たち――つまり、深衣奈と樺恋が関《かか》わっていたことは一般には知られてないようだが、もし、ふたりがこの学校に転入してきたのが妹を通じて跨の耳に入れば、どんな災難が降りかかるかわからない。

「よ、よろしく」

「は、はじめまして」

深衣奈と樺恋がぎこちなく言葉を返すと、晴子はふたりの顔をじっと見て、

「ふたりとも、前にどこかで会ったことなかったっけ？」

「ナイナイ」

深衣奈と樺恋は見事に声と動きをシンクロさせて、首を左右に振った。

「ほんとに？」

さいわいなことに、晴子《はるこ》は脳の記憶《きおく》容量があまり大きくないらしく、ふたりのことをすぐには思い出せないようだ。

「そ、そうですよ。世の中には、そっくりなひとが三人はいるってゆーし」

と深衣奈《みいな》が言えば、樺恋《かれん》は、うんうんとうなずいて、

「ひ、人違いじゃないかなぁ～」

「そうかなぁ……」

晴子は納得がいかないらしく、腕を組んで大きく首を傾《かし》げる。

「もぉ、晴子ってば、またヘンなこと言って」

見かねた秋那《あきな》がそう言うと、双葉《ふたば》もそれに同調し、

「そうよ、ふたりとも困ってるじゃない」

「でも、わたし、確かに……」

と晴子が言いかけるのを、秋那が強い調子で遮った。

「ふたりとも、転校してきたばっかなんだから、そんなことあるわけないでしょ」

双葉は深衣奈と樺恋にすまなさそうな顔を向け、

「ごめんねぇ、このコ、ちょっとヘンなのよ」

「そんなことないよぉー」

晴子が、友達の至極もっともな指摘に、ぷぅッと頬《ほお》を膨《ふく》らませる。

「ヘンなのはお兄ちゃんだけで、晴子はフツーだよぉ〜」

晴子が、兄の跨《またぐ》が聞いたら泣き出しそうなことをさらりと言ってのけた頃《ころ》、隣《となり》の教室では、麻郁《まいく》が落ち着かないときを過ごしていた。こちらも朝のホームルームが終わったところで、教室内は、一時限目の教科担当の教師がくるのを待つ生徒たちの私語に満ちている。そんな中、麻郁はひとり、難しい顔で黙《だま》り込《こ》んでいた。トラブルの種を小脇《こわき》に抱えて歩いているような深衣奈と、《ドジっ娘《こ》》を絵に描いたような樺恋のコンビが、編入されたばかりのクラスで、なにか騒《さわ》ぎを起こしやしないかと気が気でないのだ。見た目は、いつもと変わらぬ風情だが、さっきからコツコツと人差し指で机の天板を叩《たた》いているのが、内心の苛立《いらだ》ちを如実に表している。

「どうしたんだい、麻郁クン？　なんだか落ち着かないようだけど」

隣の席の康生《こうせい》が、麻郁の顔を横から覗《のぞ》き込むようにして訊《き》いてきた。

「なんでもねーよ」

麻郁が素っ気なく返事をすると、康生は、フフッと笑って、

「隣のクラスの転入生が気になるんだね」

「なんでわかんだよ！」

図星を指され、思わず声を荒らげる麻郁。すると、康生は形のいい唇のあいだから、白い歯を覗かせて、

「麻郁クンのことなら、ボクはなんでもお見通しさ」

途端にまともに取り合う気をなくし、麻郁《まいく》はうんざりした顔で深いため息をついた。

「麻郁ぅーッ!」

と大きな声で呼びかけられて、麻郁は足を止めた。美術の授業で、さっきまで校舎の裏の雑木林で写生をしていたので、画板と画材を抱えている。今は、四時限目がそろそろ終わろうかというところ。まだ、終了のチャイムは鳴っていないが、道具の後片づけがあるので、担当の講師が少し早めに授業を切り上げてくれたのだ。

「こっち、こっちー」

深衣奈《みいな》の声だとはわかったが、どこから呼びかけているのかがわからない。麻郁が彼女の姿を求めて、キョロキョロまわりを見まわしていると、今度は樺恋《かれん》の声がした。

「麻郁さん、ここです。プールです」

と言われて、麻郁はプールのほうへと目を向けた。目の高さまであるコンクリートの基部の上に立てられたフェンスの向こうに、スクール水着を着た深衣奈と樺恋が並んで立っている。すぐにふたりの姿を見つけられなかったのは、声の発せられた位置が意外なほど高かったせいだろう。

「なにやってんだよ、そんなとこで」

と言いながら、麻郁はプールのそばまでやってきた。そこからフェンス際に立つふたりを見上げると、スクール水着の股間《こかん》が刺激的なアングルで目に飛び込んでくる。

「なにって、体育の授業に決まってるじゃない」

こちらも着替えの手間があるせいか、少し早めに授業を切り上げたようだ。授業から解放された生徒たちは、プールサイドをダラダラ歩いて更衣室に向かっている。

「見ればわかるでしょ。今日は水泳だったのよ」

「そ、そうか」

深衣奈の言葉に返事をしながら、麻郁は濃紺《のうこん》の生地をぴったりと張りつかせた手触りのよさそうな曲面からあわてて目をそらせた。

「麻郁はサボリ？」

「ちげぇーよ」

言い返した拍子に、声が降ってきたほうに顔を向けると、フェンス越しに深衣奈と樺恋のスクール水着姿が視界に入る。ふたりとも水の抵抗が少なそうな身体《からだ》のラインをあらわにし、腿《もも》の付け根まで剝《む》き出しになった脚は見るからに健康そうだ。麻郁は再びそれから視線を引き剝《は》がすと、

「美術の授業だよ。屋外で写生してたんだ」

「なぁーんだ、わたしに一言言ってくれたらモデルになってあげたのに」

深衣奈が頭と腰に手を当ててポーズを取る。

「バーカ」

麻郁《まいく》は心底あきれた顔になり、

「おまえを描《か》くぐらいなら、石ころでも写生したほうがマシだっつーの」

「なによ、それぇ～」

と、深衣奈《みいな》が肩をいからせる。

「さっきから、わたしたちの水着姿、チラチラ見てるクセに！」

「バッ、バカ言え！」

自分の卑《いや》しい視線の動きを見破られ、麻郁は耳まで真っ赤になった。それを押し隠そうとするように、殊更《ことさら》居丈高に、

「おまえらのみたいな貧弱なカラダ、見たりするワケねーだろ！」

「うわ、なに、それ？　ひっどぉーい！」

深衣奈が、今にもフェンスを破って飛びかかってきそうな形相《ぎょうそう》になる。しかし、麻郁はそれにはかまわずに、ふたりに背を向けると、校舎に向かって大股《おおまた》に歩き出した。

「しっかし、アッタマくるわねー」

昼休み、教室の自分たちの席で弁当を食べていた深衣奈は、最後の一口を頬張《ほおば》ると、腹立たしげにそう言った。樺恋《かれん》は、まだ半分近く残っている弁当をのろのろと口に運びながら、

「深衣奈《みいな》さん、食事中に怒ると消化に悪いですよ」

「もう、すんだわよ」

深衣奈は口の中のものを呑《の》み込《こ》むと、カラになったランチボックスの蓋《ふた》を閉めた。

「麻郁《まいく》ったら、ほんとデリカシーがないんだから」

「でも、しょうがないですよ。わたしも深衣奈さんも、ボインボインじゃないのは事実ですし
……」

「そりゃ、そうかもしんないけど、それを面と向かって言うなんて、いくらなんでも失礼じゃない」

「はぁ」

樺恋《かれん》の気のない返事に苛立《いらだ》ったのか、深衣奈は机に肘《ひじ》をつくと、そっぽを向いて、

「まあね、そりゃあ本当にナインペタンの樺恋は、そう言われたってしょうがないかもしんないけどさ。ちょっとはあるわたしとしては、悔しいワケよ」

「うう、深衣奈さんひどいですぅ。そんなにハッキリ言わなくても」

「冗談よ、冗談」

樺恋が大きな瞳《ひとみ》を潤《うる》ませたので、深衣奈はあわてて言葉を継いだ。

「たとえ、高校生になってもソフトブラしかしたことなくて、しかも、本当はそれだって着ける必要がないほどまったいらでも、バストはバストよね」

「それ、フォローになってません」

「と、とにかく、さっきの麻郁の態度は全女性に対する侮辱よ。許せない。わたしたちで、ひとつギャフンと言わせてやりましょう」

樺恋は、今どき、「ギャフン」なんて言ってくれるのかしら……と思いつつ、

「どうするつもりなんですか、深衣奈さん？」

「そんなの決まってるじゃない。わたしたちも、バインバインのナイスバディになって、麻郁を見返してやるのよ」

「それって、なんか違うんじゃ……」

「なに言ってるの！　あんなこと言われて、樺恋は悔しくないの？　見返してやりたいとは思わないの？」

「でも……」

深衣奈は樺恋がなにか言おうとするのを遮って、

「それに、このままじゃ、麻郁は、あのデカチチメガネのものになっちゃうかもしれないのよ」

「デカチチ……なんです、それ？」

「ほら、前に、うちにきてたじゃない。麻郁の先輩《せんぱい》とかってゆー……」

「ああ」

樺恋は自分たちと同じ生き物とは思えない、豊かなバストを誇る椿《つばき》の姿を脳裏に甦《よみがえ》らせた。

「今のまんまだと、わたしたち、あのデカチチメガネに対抗できないわ。アイツに麻郁《まいく》が誘惑されて大変なことになっても、それを手をこまねいて見ているしかないのよ」
麻郁「先輩、なんですか？　こんなとこに呼び出して」
椿《つばき》「やぁねぇ、とぼけちゃって。わたしの気持ち、わかってるクセに」
麻郁「ちょ、ちょっと、そんなに押しつけないでください」
椿「いいじゃない。わたしと神城《かみしろ》クンの仲なんだから」
麻郁「けど、そんなにされたら、俺《おれ》……」
椿「なぁに？　もう、おっきくなっちゃったの？」
麻郁「…………」
椿「押しつけただけで、こんなになっちゃうなんて、神城クンて案外ウブなのね」
麻郁「すみません。俺、こーゆーのって初めてで」
椿「かわいいわぁ……それじゃあ、こんなことしたらどうかしら？」
麻郁「や、やめてください。先輩、そんなことされたら、俺、大変なことに……」
椿「ふふ、いいのよ。ほら、パフパフしてあげるから、もっと大変になって！」
脳内にロクでもない想像を巡らせた樺恋《かれん》は、手にした箸《はし》を折れそうなほど握《にぎ》り締《し》めた。
「そ、それはダメです！　由々《ゆゆ》しき問題です！」
「でしょ。だから、わたしたちもナイスバディになんなきゃダメなのよ」

「けど、それには、どうすればいいんですか？」

「え？」

深衣奈《みいな》は一瞬《いっしゅん》、虚を突かれた表情になると、

「それは、その……」

どうやら、具体的にどうするのかは考えてなかったらしい。ふたりして困った顔を突き合わせていると、昼食を終えた晴子《はるこ》が口元にごはん粒をくっつけたまま、彼女たちの席にやってきた。

「どうしたのー？　ふたりとも難しい顔して？」

そんな顔は生まれてこの方したことがないような能天気さで訊《き》いてくる晴子に、樺恋は必要以上に深刻な顔を向け、

「どうやったら、胸が大きくなるか考えてたんです」

「そっかぁ、ふたりとも全然ナイもんね」

晴子が、すっきりとしたふたりの胸元をまじまじと見て言った。途端に、深衣奈が嚙《か》みつきそうな勢いで吠《ほ》える。

「あんただって、似たようなモンじゃない！」

「うわーん、なんで怒るのよぉ～」

晴子は半泣きになりながら、

「見たまま、言っただけなのにぃ〜」

「だからよ！」

「み、深衣奈《みいな》さん、落ち着いて」

晴子《はるこ》に飛びかからんばかりの深衣奈を、樺恋《かれん》が押しとどめていると、そこへ騒《さわ》ぎを聞きつけた秋那《あきな》と双葉《ふたば》がやってきた。

「どうしたの？」

「また、晴子がなにかやったの？」

最初から原因が晴子にあると決めつけているところを見ると、こうしたトラブルはよくあることのようだ。

「実は……」

樺恋が事情を説明すると、秋那はベソをかいている晴子の頭をなでながら、

「そーゆーコトなら、あのひとに相談すればいいんじゃないかしら？」

それだけで話が通じたらしく、双葉は「ああ、あのひとね」とうなずいて、晴子の口元についたごはん粒をつまんで取ってやる。

「あの、なにか、あてがあるんですか？」

と樺恋が訊《き》くと、秋那は晴子に、

「ほら、晴子、この前、そーゆーのに詳しいひとがいるって言ってたじゃない」

「確か、お兄さんと同じクラスの三年のひとで……」

秋那の言葉を受けて双葉がそう言うと、晴子は、すびーッとハナを啜《すす》りあげてから、

「それって、楓《かえで》さんのこと？」

「そうそう、それよ」

秋那が大きくうなずくと、深衣奈が晴子に勢い込んで訊く。

「そのひと、ほんとに胸おっきくする方法、知ってるの？」

「うん。前に、どうして、そんなにおっきいのかって訊いたら、おっきくする秘密の方法があるって……」

「四道《しどう》さん！」

深衣奈は晴子の手を取ると、

「お願い、そのひと、紹介して」

「いいけど……」

「ほんと？　ほんとにいいの？」

晴子が気圧《けお》された様子でうなずくと、深衣奈は彼女の手を握《にぎ》ったまま椅子《いす》から立ちあがった。

「それじゃあ、早速、行きましょう」

「えッ、今から？」

「ええ、善は急げって言うでしょ」

深衣奈《みいな》は食べかけの弁当を手元に置いて、自分のほうを見あげている樺恋《かれん》に、

「さあ、樺恋も行くわよ」

「でも、わたし、まだ、お弁当が……」

「そんなのあとでいいから、さっさとくる！」

深衣奈は樺恋の手を引いて立ちあがらせると、晴子《はるこ》の背を押すようにして教室を出た。

「あれ、晴子じゃないか」

深衣奈たち三人が三年の教室に入るなり、妹の姿を目ざとく見つけた跨《またぐ》が声を掛けてきた。

ゲッ！

今、この学校の生徒の中でいちばん会いたくない相手に出くわし、深衣奈が顔をひきつらす。

樺恋も同じ思いのようで、身をすくめて晴子のうしろに隠れた。

「どうしたんだい？　寂しくなって、ボクに会いにきたのかな？」

「違うよ」

浮かれた調子の兄の言葉を、晴子があっさり否定する。

「う～ん、照れちゃって。晴子は、そーゆーとこが、またかわいいなぁ。さあ、恥ずかしがらずに、お兄ちゃんの胸に飛び込んでおいで」

大きく腕をひろげた跨を無視し、晴子はスタスタ歩いてゆく。そのあとについて、深衣奈と

樺恋が跨のそばを通り抜けようとしたとき、

「晴子、そのコたちは友達かい？」

兄の問いかけに、晴子は足を止めて振り向いた。

「そうだよ。深衣奈ちゃんと樺恋ちゃん。今日、うちのクラスに転校してきたんだ」

「ふーん……まだ、誰《だれ》も唾《つば》をつけてない、フレッシュなニューフェイスってわけだね」

相変わらず、なにを言っているのかよくわからないが、深衣奈と樺恋のことを思い出してはないようだ。ふたりがホッと胸をなでおろすと、跨はそれを見計らっていたかのように、

「ねぇ、キミたち、どっかで会ったことなかったっけ？」

深衣奈と樺恋が、そろって身体《からだ》を堅くする。もし、ふたりのお尻《しり》に猫の尻尾《しっぽ》が生えていたら、プリーツスカートがまくれあがるほど、ピンと立っていただろう。深衣奈は内心の動揺を懸命《けんめい》に押し隠し、

「ひ、人違いなんじゃないですか」

「そ、そうですよ。世の中には似たひとが、三人はいるって言いますし……」

樺恋も内心ビクビクしながら、朝方、晴子に言ったのと同じことを口にした。

「そうかなぁ……どうも、どっかで会ったような気がするんだけどなぁ」

血は争えないもので、跨も妹と同じで、あまり物覚えがいいほうではないらしい。深衣奈と樺恋を間近で見ても、すぐには思い出せないようだ。

「ふたりとも転校してきたばっかりなんだから、お兄ちゃんのことなんか知ってるワケないじゃない」

晴子《はるこ》が自分が秋那《あきな》に言われたことを、そのまま兄に言う。

「いや、でも……あ、そうだ。よかったら、キミたち、体操服に着替えてくんないかな？　そしたら、なんか思い出せそうな気がするんだ」

「もぉッ、お兄ちゃんのエッチ！　そーゆーのセクハラだよ！」

「違うんだ、晴子！　別にお兄ちゃんは、このコたちの体操服姿を見てよからぬことを想像したいとか、体操服を着た胸元に顔を押しつけて、甘酸っぱい下級生の汗の匂《にお》いを満喫したいとかってワケじゃなくて、本当に……」

「もういい！」

これ以上、跨《また》ぐと口をきいていては、転入生のふたりに身内の恥ずかしいところを見られるばかりと思ったのか、晴子は兄の言いわけを無視して、教室の中程の席にやってきた。

「あの、先輩《せんぱい》……」

と晴子に声を掛けられて顔をあげた水澄楓《みすみかえで》は、編み物をしていた手を止めて、

「あら、晴子ちゃん」

楓はアイルランド人とのクォーターで、そのことを証明するゆるくウェーブした赤毛を、幅広のリボンでポニーテールにしていた。この年頃《としごろ》の少女にしては大柄なほうで、スタイルもい

い。のびやかな肢体はどこもかしこも柔らかそうで、とりわけ、深衣奈《みいな》たちの仮想敵である椿《つばき》に優るとも劣らぬボリュームを誇るバストは、谷間に顔をうずめたら優しく包み込んでくれそうな癒《いや》し系の趣《おもむき》があった。

「ええッ！」

晴子から来意を告げられると、楓は少し困った顔になり、

「確かに、知ってはいるけど……」

「お願いします。真剣なんです、わたしたち」

立ったまま、深衣奈が机に身を乗り出して言う。楓は彼女の胸元に目をやって、そこが真剣にならざるをえない状態なのを見て取ると、切羽詰まった乙女《おとめ》心に同情したのか、

「わかったわ。秘密の方法を教えてあげる。でも……」

楓はそこで言葉を切ると、未練がましく晴子のあとをついてきた跨が、彼女の肩越しに自分たちのほうを覗《のぞ》き込んでいるのに目をやった。

「男子の前では、ちょっと言いにくいかな」

振り向いた晴子は、いつの間にか兄が自分の背後に忍び寄っていたのに気づくと、ひまわりの種をしこたま溜《た》め込んだハムスターのようにほっぺを膨《ふく》らませ、

「んもぉ！　お兄ちゃんてば、あっち行ってよ」

「ああッ、ひどいよ晴子。お兄ちゃんを仲間はずれにして、あまぁ～い蜜《みつ》の味がする女のコだ

けの秘密会議をするつもりなんだね？」

目に涙を浮かべて、意味不明のことをわめく跨《またぐ》の身体《からだ》を晴子《はるこ》はグイグイ押して、教室の外へ追い出そうとする。そうされるあいだも、跨は情けない声で、

「やっぱり……やっぱり、そうなんだ。そうやって、晴子はボクの知らないところで、大人への階段を一歩一歩のぼっていくんだ」

深衣奈《みいな》は跨が晴子に押されていくのを見ながら、どうして保健所はあんな生き物を野放しにしておくんだろう、と首をひねった。

「お待たせー」

跨を教室から追い出した晴子が戻ってくると、楓《かえで》は苦笑いしながら、

「相変わらず、大変みたいね」

「そうなんですよー。お兄ちゃんてば、ほんとメーワクで、この前も……」

一旦《いったん》はじまると、とても長くなりそうな気がして、深衣奈はあわてて晴子の兄への愚痴を遮った。

「あの、それで、秘密の方法のことなんですけど……」

「あ、そうだったわね」

楓は用心深く左右に視線を走らせてから、声をひそめて、

「これは、わたしも、あるひとから教えてもらったことなんだけど……」

楓の言葉を聞き漏らすまいと、机を囲む下級生たち三人は彼女のほうに頭を寄せた。

「揉《も》んで、もらうの。それも、できれば、好きなひとに」

思わぬ言葉に、深衣奈と樺恋《かれん》が大きく息を呑《の》む。晴子だけが、「へー、そうなんだ」とでも言いそうな顔をしている。

「そ、それって、ほんとですか？」

深衣奈が勢い込んで訊《き》くと、楓は頬《ほお》を赤らめながら、

「ほんとよ。だって、実際に効果があったし……」

「つまり、それって、楓さんの胸も好きなひとに揉んでもらって、大きくなったってことですよね」

樺恋が念を押すようにして訊くと、楓は赤くなった顔を両手にうずめた。

「ヤダ、そんなにハッキリ言わないで！」

深衣奈も樺恋も、楓の柔らかそうな胸のふくらみが揉みしだかれるさまを想像して、揃《そろ》って頬を赤くする。ひとり平然としている晴子は三人の顔を順番に見て、

「ねぇねぇ、みんな、どうしてそんなに赤くなってるのぉ？」

「いい？　それじゃあ、はじめるわよ」

と深衣奈に言われ、樺恋は身体を堅くした。

「は、はい」

時刻は夜の十一時を少し過ぎたところ。いつものように一緒に入った風呂《ふろ》からあがり、パジャマに着替えた深衣奈《みいな》と樺恋《かれん》は、自分たちの部屋で向き合って正座していた。ふたりはこれから、楓《かえで》に教わった《秘密の方法》を実践してみるつもりだった。楓は「できれば、好きなひとに」と言っていたが、今のところ、それは無理な相談なので、とりあえず、互いに相手の胸を揉《も》むことにしたのだ。ジャンケンをして、勝った深衣奈が先攻ということになり、樺恋は緊張した面持ちで、そろえた膝《ひざ》に左右のこぶしを置いていた。

「ほら、ぼーッとしてないで、前、まくってよ」

深衣奈の言葉に、樺恋が目をまるくする。

「えッ、ひょっとして、じかに揉むんですか？」

「当たり前じゃない」

どんな根拠があるのか、深衣奈はキッパリと言い切ると、

「それに、パジャマの上からじゃ、どこが胸だかわかんないわ」

確かに、樺恋の身体の正面は、なんの手掛かりもない絶壁《ぜっぺき》で、目印となるようなふくらみはない。樺恋はやむなく、ネグリジェタイプのパジャマの上着の裾《すそ》を鎖骨《さこつ》の下までたくしあげ、ささやかなバストを剝《む》き出しにした。平坦《へいたん》な胸板には、ごくごく薄《うす》く脂肪が盛られ、そこに一円玉ほどの大きさの楕円《だえん》がプリントされている。色は淡いピンクで、もう少し赤みが強ければ、

深衣奈はそれを虫に刺された跡かと思っただろう。

「いやー、ほんと、見事なぐらいないわねぇ～」

深衣奈はしみじみと言ってから、両手の指をわきわきさせて、

「さあ、それじゃあ、いくわよぉ～」

「深衣奈さん、手の動きがいやらしいです」

「やぁ～ねぇ、気のせいよ、気のせい」

と言いながら、深衣奈は右手を樺恋の胸に、ぺたりとあてがった。

「あン」

樺恋が鼻に掛かった声をあげ、ヒクッと身体《からだ》を震《ふる》わせる。

「ちょっと、ヘンな声出さないでよ」

「すみません」

樺恋は恥ずかしさで目元をほんのり朱《しゅ》に染め、謝った。すると、深衣奈は突然、表情を堅くして、

「こ、これは……」

「どうしたんですか？」

「揉めない」

残酷な事実を突きつけられて、樺恋の顔が、ぐしゅりと崩れた。みるみるうちに、目の縁《ふち》に

にじんだ涙が盛りあがる。それが、今にもこぼれそうになったとき、外から部屋の襖《ふすま》が開けられた。

「シャーペンの芯《しん》あったら、貸してく……」

襖の隙間《すきま》から顔を出した麻郁《まいく》は、部屋の中の様子を一目見るなり、絶句した。咄嗟《とっさ》のことで、深衣奈《みいな》と樺恋《かれん》は悲鳴もあげられない。とんでもないシーンを見てしまった麻郁は、あわてて顔を引っ込め、襖をピシャリと閉める。うっかり切らしてしまったシャープペンシルの芯を借りにきたことも忘れて、自分の部屋に飛んで帰ると、うしろ手に閉めた引き戸に背を預け、右手でドキドキする胸を押さえた。

な、なんだったんだ、今のは……？


「だぁーれだ？」

昼休み、椿《つばき》は中庭のベンチにひとり座っている麻郁の背後に立つと、うしろからまわした手で少年の両目を隠して、こう言った。しかし、何事か考え込んでいる様子の麻郁は視界をふさがれたことに気づいていないのか、まったくの無反応だ。他愛《たあい》もない悪戯《いたずら》を無視された椿は、麻郁の顔から目隠しをはずすと、ベンチをまわり込んで彼の正面に立つ。

「ちょっとは驚《おどろ》くとかなんとかしてくれてもいいんじゃない？」

そう言われてはじめて、麻郁は椿の存在に気づいたように顔をあげ、

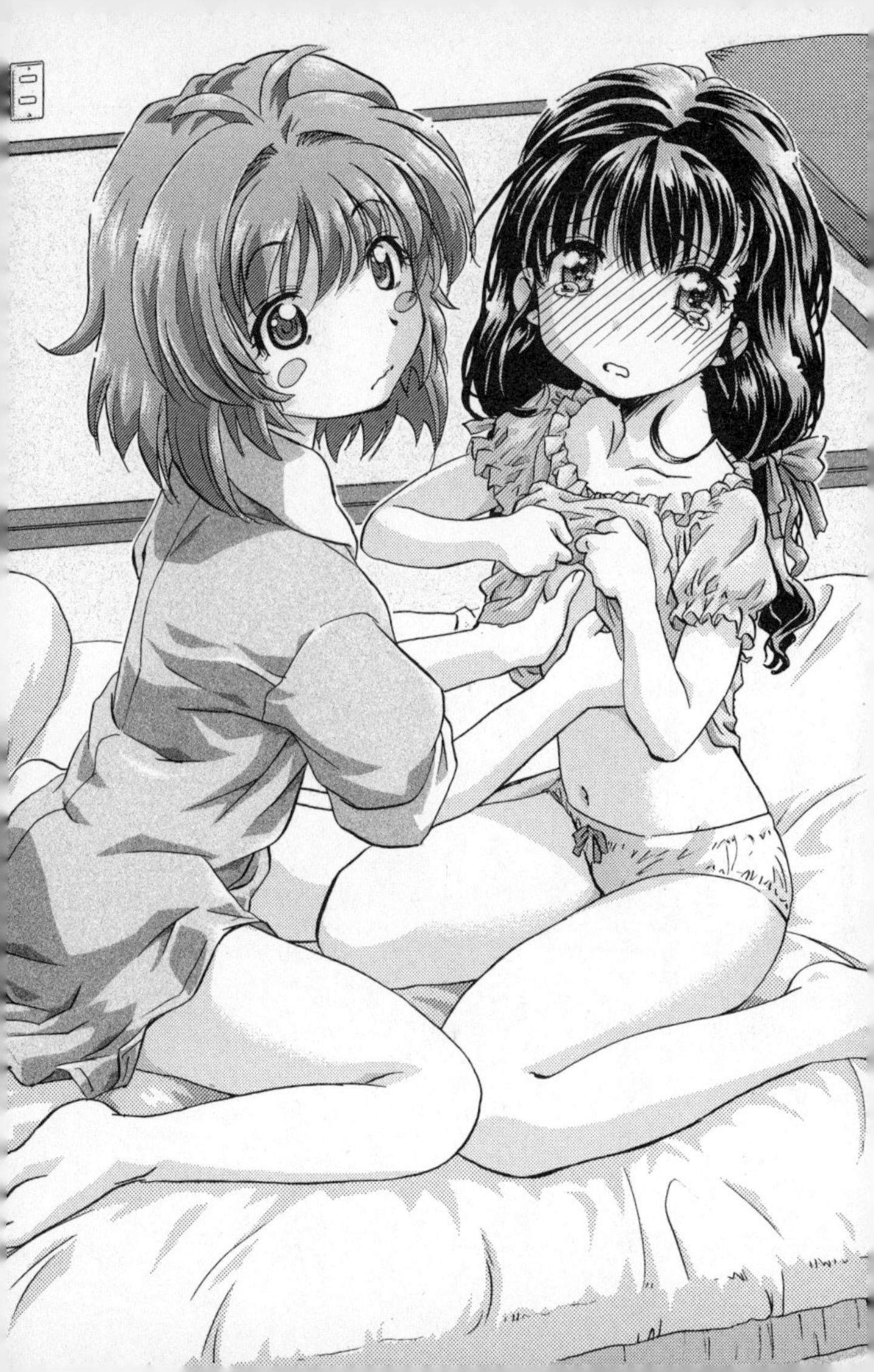

「あ、先輩《せんぱい》」

「『あ、先輩』じゃないわよ。ひどいじゃないの。完全に無視してくれちゃって」

椿《つばき》が膨《ふく》れてみせると、麻郁《まいく》は少したじろいで、

「別に無視してたワケじゃ……」

あまりいじめてもかわいそうだと思ったのか、椿はすぐに表情を和らげると、麻郁の隣《となり》に腰をおろした。

「どうかしたの？　なにか悩みでもあるの？」

そう訊《き》かれて、麻郁の脳裏に、昨夜見た衝撃《しょうげき》的な映像が甦《よみがえ》る。パジャマの前をまくって、ささやかなバストをあらわにしていた樺恋《かれん》。そして、それに手をあてがっていた深衣奈《みいな》。いったいあれは、なにをしていたのだろう？　明確に思い浮かべることさえためらわれるような想像が、頭の中で渦を巻く。

もしかして……もしかして、あれは……。

ひょっとしてそうなのではないかと思う気持ちと、それを打ち消そうとする気持ちの板挟みになって、昨夜はほとんど眠れなかった。午前の授業中も、そのことばかり考えていて、授業の内容はまったくと言っていいほど頭に入っていない。このままでは、プログラムの仕事のほうにまで支障が出そうだ。当人たちに面と向かって訊けることでもない以上、ここで椿に声を掛けられたのはいい機会だと、麻郁は彼女に自分の疑問をぶつけてみることにした。

「あの、先輩、ひとつ訊いてもいいですか?」

いつになく真剣な顔を向けられて、椿は少しどぎまぎしながら、

「な、なに?」

「お、女のコって、互いに、その、なんてゆーか、相手のをさわったりってするんでしょうか?」

「さわる? どこを?」

「だから、その、む……胸とか」

「胸?」

麻郁は訝《いぶか》しげな表情で自分のほうを覗《のぞ》き込む椿の目から逃れるように顔を伏せた。しかし、視線を移した先に、セーラー服の胸元を持ちあげるたっぷりとしたふくらみがあるのを見て、あわててそこからも目をそらす。

思いもかけない質問に、椿は頬《ほお》にうっすらと血をのぼらせて、

「そりゃあ、体操服に着替えてるときとか、ふざけてさわりっこしたりってことはあるけど……」

一瞬《いっしゅん》しか見ていないので、ハッキリ断言はできないが、あのとき、深衣奈は妙に真剣な顔をしていたし、樺恋の目は、いやに潤《うる》んでいたような気がする。とても、ふざけてしていたこととは思えない。

「そうじゃなくて……そんなんじゃなくて、もっと、こう、真剣な感じで……」

「真剣な感じでさわりっこって……それじゃあ、アブナイ関係じゃない」

もしかしたらと思いつつも、あえて目をそらしていたことをズバリと言われ、麻郁《まいく》は強いショックを受けた。

やっぱり……やっぱり、そうなのか。あれは、そーゆーコトなのか……。

「普通だったら、いくら仲のいい女のコ同士でも、そんなことってしないんじゃないの。自分で自分のを、だったらあるかもしれないけど……」

「え？　自分で？」

うっかり口をすべらせて、よけいなことを言ってしまった椿《つばき》は、顔はもちろん、首の付け根まで真っ赤になった。タイミングよく、昼休みの終了を告げるチャイムが鳴ったのを機に、ベンチから腰をあげ、

「あ、午後の授業がはじまるわ。教室に戻らなくっちゃ。じゃあね、神城《かみしろ》クン」

椿がそそくさと立ち去ったあとも、麻郁はチャイムの音など聞こえないかのように、暗い表情でベンチに座り込んでいた。

なにか冷たいものを飲もうと思って、二階の自室からおりてきた麻郁は、ダイニングに足を踏《ふ》み入れた瞬間《しゅんかん》、パジャマ姿の深衣奈《みいな》と樺恋《かれん》がテーブルで向かい合っているのを見て、身体《からだ》

を堅くした。ふたりとも風呂からあがったばかりのようで、肌は健康的な桜色に染まり、髪には湿り気が残っている。テーブルの上には、プラスチックのカップに入ったあんみつが、スプーンを持った深衣奈と樺恋の前にひとつずつ置いてあった。麻郁はそれをチラリと見、

「それ、どうしたんだ？」

「バイト先でもらったの」

深衣奈と樺恋は、麻郁を介した苺《いちご》の紹介で、彼女の友人の実家である縁川《へりかわ》商店というところで販売員のアルバイトをしていた。縁川商店は数年前の改装以来、外観は一応コンビニエンスストアらしき体裁を取っているが、内実は昔ながらのよろず屋で、この地方の名物のおやきやわさび漬けはもちろん、誰《だれ》が買うのかドライフラワーや木彫りの民芸品などというものまで置いている。数は少ないが、自家製の弁当も売っていて、近くなら、それの配達も請《う》け負《お》っているらしい。深衣奈と樺恋は、すっかり店の主人に気に入られたようで、アルバイトのあった日は、捨てるよりはいいと、賞味期限の切れた商品をもらってくるようになっていた。

「悪いけど、麻郁の分はないわよ」

と深衣奈が言うのに、麻郁は「いいよ。甘いの、あんま好きじゃねーし」と答えて、テーブルのそばを通り過ぎる。冷蔵庫の前にしゃがみ、そのドアを開けながら、

「風呂、一緒に入ってたのか」

「うん」

「はい」

深衣奈《みいな》と樺恋《かれん》は同時に返事をしたが、手元のあんみつに気を取られているのか、ふたりとも麻郁《まいく》のほうを振り向きもしない。

「いつも一緒に入ってるんだよな」

「そうよ。別々だとガス代もったいないでしょ」

深衣奈が、わかりきったことを訊《き》くのね、という顔をする。一方、麻郁は一見すると冷蔵庫の中を物色しているように見えたが、その実、まったく別のことを考えていた。当たり前のことだが、風呂《ふろ》に入るには裸にならねばならない。つまり、一緒に風呂に入るということは、互いに自分のすべてを相手の視線にさらすということだ。昔から、裸の付き合いなどと言うが、そうすることによって親密度が増すのは間違いない。そういえば、椿《つばき》は、仲のいい女のコ同士なら、ふざけてさわりっこをすることがあると言っていた。おそらく最初は、そんな遊び半分のノリだったのだろう。だが、仲よしの証としてそれを繰《く》り返《かえ》しているうちに、ふたりのスキンシップ——文字通り、肌と肌との触れ合いは、より濃密《のうみつ》なものになり、それまでとは違う色合いを帯びてきて……。

樺恋「あ、ダメですよぉ、深衣奈さん、そんなとこさわっちゃ……」

深衣奈「ふふ、いいじゃない」

樺恋「くすぐったいですって」

深衣奈「くすぐったいだけ？」

樺恋「それは……」

深衣奈「どうしたの？」

樺恋「……わかりません」

深衣奈「それじゃあ、こうしたらどうかしら？」

樺恋「あッ、そんな……」

発展途上の深衣奈の肢体と、セミ・ロリータな樺恋の裸身が泡まみれになってからみ合うさまが目に浮かび、冷蔵庫のドアポケットに入っていた麦茶のボトルをつかんだ麻郁の手に力が入った。肉付きの薄《うす》い胸と胸が、無駄な脂肪のまったくない腹と腹が、淡い繁《しげ》みに飾られた股《こ》間《かん》と股間がこすれ合い、すべらかな肌と肌のあいだで練られた泡が、さらにクリーミーになる。

狭い浴室には湯気が充満し、その中を、なにかをねだるような甘い声が……。

「麻郁、冷蔵庫、早く閉めなさいよ。電気代もったいないじゃない」

「そ、そうだな」

深衣奈の言葉で我に返った麻郁は、麦茶のボトルを取り出し、冷蔵庫のドアを閉めた。まずは気持ちを落ち着けるため、冷たい麦茶をグラスに注いで、それを一気に飲み干す。

「ふぅーッ」

グラスを片手に大きく息をついた麻郁の顔を、樺恋はしげしげと見て、

「どうしたんですか、麻郁《まいく》さん？　顔色が悪いみたいですけど……」

「いや、なんでもない」

まさか、胸に渦巻く疑惑を本人たちにぶつけるわけにもいかず、麻郁はすげなく答えて、グラスに二杯目の麦茶を注いだ。その様子を樺恋《かれん》が気遣わしげな顔で見ている隙《すき》に、深衣奈《みいな》が彼女のあんみつのカップに手をのばし、つまんだサクランボを自分の口に放り込む。

「いただき！」

「あッ、ひどいですぅ～」

深衣奈は唇の端からサクランボの茎をはみ出させたまま、

「ボーッとしてんのが悪いのよ」

「楽しみに取っといたのにぃ～」

樺恋が本当に泣き出しそうな顔になったので、深衣奈はあわてて口からサクランボの種と茎を吐き出した。

「ハイハイ、悪かったわよ。ほら、お詫《わ》びに、わたしの一口あげるから」

深衣奈は自分のカップからあんみつをスプーンですくうと、それを樺恋の口元に近づける。

「ほら、あーんして」

「あーん」

樺恋が幼い子供のように大きく口を開け、そこに深衣奈がスプーンを差し出した。

「これでいいでしょ？」
「はい」
もう機嫌が直ったのか、樺恋があんみつを口に含んだまま、にっこり笑う。なんとも微笑《ほほえ》ましい子供じみたやり取りだが、自らの脳内で育んだ疑惑の虜となった麻郁の目には、それが奇妙に歪《ゆが》んで見えた。
樺恋「じゃあ、次は深衣奈さんの番です。あーんしてください」
深衣奈「あーん」
樺恋「どうです？　おいしいですか？」
深衣奈「ええ、とっても甘いわ。それじゃあ、今度は口移しよ」
樺恋「あン、深衣奈さんてば、大胆ですぅ」
深衣奈「じゃあ、いくわよ……むちゅぅ～」
樺恋「んン～」
ぴったりと重なり合った唇と唇の、あるとも思えぬ隙間から、からみ合う二枚の舌がたてる淫靡《いんび》な粘着音が漏れ、あんみつのシロップが混ざった甘い唾液があふれて垂れてくる。互いの唾液《だえき》をたっぷりと交換してから、ようやくふたりが唇を離《はな》すと、そのあいだに銀色にきらめく細い粘液の糸が引かれ……。
「ごちそうさま」

と深衣奈《みいな》が言うと、樺恋《かれん》もあんみつの最後の一口を呑《の》み込《こ》んで、

「おいしかったですね」

そのやり取りにハッとして、妄想《もうそう》の世界から帰還《きかん》した麻郁《まいく》は、すっかり汗を掻《か》いた麦茶のグラスを口に運んだ。

「さてと、それじゃあ、寝ましょうか」

カラになったあんみつの容器をゴミ箱に捨てた深衣奈が言うと、使ったスプーンを洗っていた樺恋が、

「ダメですよ。甘いもの食べたんだから、歯を磨かないと。それに、髪もちゃんと乾かさないと」

「わかってるって」

ふたりが歯を磨くためダイニングから出て行くと、麻郁は食卓の椅子《いす》に崩れるように腰を落とした。

どうかしてるぞ、俺《おれ》は……。

椿《つばき》が口にした「アブナイ関係」という言葉が頭に焼きついているせいか、深衣奈と樺恋を見ていると、妖《あや》しい妄想が際限なくひろがってゆく。麻郁は手にしていたグラスをテーブルに置くと、深いため息をついた。どうしていいかわからなくて、すぐには立ちあがる気力も出ない。

「あれ、まだいたの？」

歯を磨き終えた深衣奈が自分たちの部屋に戻る途中でダイニングの前を通りかかったときも、

麻郁はまだ、そこにいた。
「上にあがるとき、電気消しといてね」
と言い置いて、出入り口の前を通り過ぎた深衣奈のあとにつづいて、樺恋が軽く頭をさげながら、
「おやすみなさい」
「ああ」
麻郁がぎこちなくうなずくと、樺恋は深衣奈のあとを追い、彼の視界から消えた。つづいて、階段をのぼるふたりの足音が微《かす》かに聞こえてくる。これから深衣奈と樺恋は自分たちの部屋にふたつ並べて設《しつら》えた寝床の中にすべり込み、新しくはじまった学校生活と慣れないアルバイトで疲れた身体《からだ》を休めるのだ。
樺恋「深衣奈さん、もう寝ちゃいましたか？」
深衣奈「まだ起きてるけど、どうかしたの？」
樺恋「なんだか、眠れなくて……」
深衣奈「明日も早いんだから、さっさと寝ないと朝がつらいわよ」
樺恋「深衣奈さん、眠るまで手をつないでてもいいですか？」
深衣奈「しょうがないわねぇ……樺恋てば、ほんと甘えん坊なんだから」
樺恋「すみません」
深衣奈「ほら、これでいいでしょ」

樺恋《かれん》「はい、ありがとうございます」
ふたつ並んだ薄《うす》い掛け布団の下で、ふたりの手が柔らかく握り合わされた。互いの手の温もりが相手に伝わり、それが、自分たちがしっかりとつながっていることを実感させる。
樺恋「深衣奈《みいな》さん……」
深衣奈「今度は、なぁに？」
樺恋「やっぱり眠れません。なんだか、身体《からだ》が、ぽっぽしちゃって」
深衣奈「暑いんだったら、パジャマ脱いだら？」
樺恋「えッ、そんなの恥ずかしいです」
深衣奈「いいじゃない。どうせ、ここにはわたししかいないんだから」
樺恋「でも……」
深衣奈「それじゃあ、わたしも脱ぐわ。それでいいでしょ？」
樺恋「それなら……」
深衣奈「どう？　これで眠れそう？」
樺恋「ダメです。なんか、ますます暑くなってきちゃいました」
深衣奈「困ったわねぇ……どのへんが、いちばん暑いの？」
樺恋「それは……」
樺恋の告げた部位に、深衣奈の手がのびる。

深衣奈「ほんとだ、すっごく熱くなってる」
樺恋「み……深衣奈さん、そんなにさわっちゃダメですぅ〜」
深衣奈「あらあら、熱いだけじゃなくて、今度は……」
ガタンと大きな音をたて、麻郁《まいく》は椅子《いす》から立ちあがった。目を堅くつぶり、脳裏に浮かんだ不埒《ふらち》な想像を振り払おうと、頭を激しく左右に振る。
いったい、俺《おれ》はなにを考えてるんだ……。

「どうしたんだい、麻郁クン？　ずいぶん、顔色が悪いようだけど……」

朝、登校してきた麻郁の姿を見るなり、隣《となり》の席の康生《こうせい》が顔を覗《のぞ》き込むようにして訊《き》いてきた。

「ちょっとな」

素っ気なく答えて、麻郁は自分の席に腰をおろす。昨夜は、ベッドに入っても、うとうとしたと思ったら、とんでもない夢を見てすぐ跳び起きるというのを繰《く》り返《かえ》していたので、ほとんど寝ていない。顔色が悪いのも当然だ。

「なにか悩みがあるなら、ボクに話しておくれよ。相談に乗るからさ」

と康生が言うのに、麻郁はにべもなく、

「結構だ」

「遠慮しなくていいよ。ボクと麻郁クンの仲なんだから」

「どんな仲だよ？」

睡眠不足で機嫌の悪い麻郁《まいく》が、いつも以上につっけんどんに訊《き》く。

「どんなって……深い愛で結ばれた仲に決まってるじゃないか」

康生《こうせい》が両腕を大きくひろげて言うのを、麻郁は「バカ」の一言で一蹴《いっしゅう》すると、

「俺《おれ》とおまえのあいだに、そんなモンあるか！　だいいち、俺たちは男同士だろうが」

「なにを言ってるんだい、麻郁クン。愛の前には、性別なんて些細《ささい》なことさ」

愛の前には、性別なんて些細なこと——。

その一言が、自らの生み出した得体の知れない疑惑でささくれ立っていた麻郁の神経を逆なでした。

ガンッ！

いつになくきつい一発を脳天に喰《く》らった康生は、机の上に突っ伏して、

「麻郁クン、今日のはマジで痛いんだけど……」

「ただいまー」

アルバイトから帰ってきた深衣奈《みいな》が玄関から家の奥に向かって声を掛けると、すぐに二階から麻郁が降りてきた。

あら、珍しい。

いつもは仕事に没頭していて、麻郁は夕食ができたと呼びに行かなければ、なかなか二階から降りてこないのだ。

「おかえり」

と言ってから、麻郁は三和土《たたき》で靴を脱いでいる深衣奈と樺恋《かれん》に探るような目を向けて、

「遅かったな」

「ごっめーん。小石《こいし》さんと話し込んじゃって」

小石というのは、ふたりがアルバイトをしている縁川《へりかわ》商店の娘で、苺《いちご》や跨《またぐ》の同級生だ。深衣奈と樺恋がアルバイトとして雇われたのは、高校三年生の彼女が受験勉強に専念するので、家業の手伝いができなくなったためらしい。

「おなかすいたでしょ。すぐに晩ご飯の用意するから」

深衣奈は麻郁の脇《わき》をすり抜けて、ダイニングルームに入って行った。また、なにか売れ残った商品をもらってきたのか、白いビニール袋を提げた樺恋がそのあとにつづく。麻郁がふたりと一緒にダイニングに入るか、それとも階段をのぼって自室に戻るか迷っていると、エプロンを着けてキッチンに立った深衣奈が、

「麻郁、悪いけど、お風呂《ふろ》に水入れてきてくれる？」

「あ、ああ……」

麻郁は曖昧《あいまい》な返事をすると、廊下を進んでバスルームに向かった。カラのバスタブの中をシ

ャワーで流し、栓《せん》をしてから水を入れる。頼《たの》まれたことをすませて戻ってきた麻郁《まいく》は、ダイニングの出入り口の前を通り過ぎようとして、ギクリとなった。なぜなら、引き戸にはめられたガラスを通して、夕食の用意に精を出しているはずの深衣奈《みいな》と樺恋《かれん》がキスをしているのが見えたからだ。食器棚を背にした樺恋と向かい合って立つ深衣奈。麻郁の位置からだと、ほとんど深衣奈のうしろ姿しか見えなくて、実際に唇が触れ合っているところは視界に入らないが、それでも、ふたりの顔と顔が異常なまでに接近しているのはわかる。

「なッ、なにしてんだ!」

麻郁は引き戸を乱暴に開け、ダイニングの中に飛び込んだ。パッと身を離《はな》したふたりが、驚《おどろ》いた顔を麻郁に向ける。

「なによ、怖《こわ》い顔して?」

と訊《き》く深衣奈のそばで、妙に目を潤《うる》ませた樺恋がキョトンとして麻郁のほうを見ている。頭に血をのぼらせた麻郁は、ふたりに震《ふる》える指を突きつけて、

「キッ、キスしてただろ、おまえら……」

「はぁ?」

突拍子もない指摘に、深衣奈が片方の眉《まゆ》を吊《つ》りあげ、樺恋は口元を両手で覆《おお》って息を呑《の》む。

「なに言ってんの。なんで、わたしと樺恋がキスするのよ?」

麻郁は、つかつかとふたりのそばに歩み寄り、

「しらばっくれんな！　現に今……」

「今？」

深衣奈は怪訝《けげん》な顔をしたが、次の瞬間《しゅんかん》、プッと吹き出して、

「ヤダ、麻郁ったら。今のは、目に入ってたゴミを取ってただけよぉ」

「へ……？」

ポカンとしている麻郁に、樺恋が、まだ驚きがさめやらぬ表情で言う。

「そうなんです。わたしの目にゴミが入って、それを深衣奈さんに取ってもらってたんです」

今どき、そりゃないだろ……。

呆然《ぼうぜん》となった麻郁に、深衣奈はニヤニヤ笑いながら、

「わたしと樺恋がキスだなんて、ひょっとして、麻郁ってば、わたしたちをそーゆー目で見てたの？」

その通りだ。

「違うのか？」

と麻郁が訊くと、深衣奈は唾《つば》を飛ばして、

「あったり前でしょ！」

「じゃあ……じゃあ、アレは、なんだったんだよ？」

「アレ？」

「こ……こないだ、風呂《ふろ》あがりにさわってただろ、樺恋《かれん》の胸」

胸の話が出た途端、樺恋が自分の肩を抱くようにして、両腕を平らな胸の前で交差させた。

一方、深衣奈《みいな》は露骨《ろこつ》に顔をしかめて、

「あのとき、結構、しっかり見てたんだ。麻郁《まいく》ってば、やーらしぃ～」

「しょうがねぇだろ！　見えちまったんだから」

麻郁は顔を真っ赤にし、

「それより、アレはどーゆーコトなんだよ？」

「アレは……」

深衣奈は少しためらってから、自分たちが、なにをしようとしていたのかを説明した。それを聞いた麻郁は、心底、あきれた顔になり、

「そんなの真に受けて、バカかおまえら？」

「バカは麻郁のほうじゃない！　わたしと樺恋がエッチなコトしてるなんて思い込んでさ」

「なにも、そうは言ってねーだろ！」

「じゃあ、違うの？」

「それは……」

散々そうした妄想《もうそう》を膨《ふく》らませていただけに、麻郁は咄嗟《とっさ》に「違う」と言えず、言葉を詰まらせた。

麻郁さん、わたしと深衣奈さんがエッチなコトしてるって想像してたんだ……。

普段はとてつもなく鈍いクセに、こんなときだけ察しのいい樺恋は、麻郁の赤面が伝染《うつ》ったように、耳まで真っ赤になった。

「にゅぅ～」

頭のヒューズが飛んだのか、樺恋の手足から力が抜けて、その場にくずおれそうになる。

「わわッ！」

麻郁はあわてて手を差しのべて樺恋を支えようとしたが、突然のことで、自分のほうもバランスを崩してしまう。もつれ合ってダイニングの床に倒れ込むふたり。下になった樺恋の身体《からだ》に、麻郁が覆《おお》いかぶさる格好になり、気絶しかかっていた樺恋の唇に、麻郁のそれが重なった。

まったくの偶然から生じたキスに、深衣奈が大きく息を呑《の》む。

わたし、麻郁さんとキスしてる……。

薄《うす》れゆく意識の中で信じがたい事実を確認すると、樺恋は目を閉じ、気を失った。

「しっかし、びっくりしたわよねぇ～。麻郁が、わたしたちのこと、あんな目で見てたなんて」

バスタブに身を沈めた深衣奈はおかしそうに笑いながら、

「あげくの果てに、あんなすごいオチまでついちゃって」

「笑い事じゃないですよぉ」

湯の中で窮屈《きゅうくつ》そうに膝《ひざ》を抱えた樺恋《かれん》が、自分と同じ格好の深衣奈《みいな》に向かって唇を尖《とが》らせる。

「わたし、あれが初めてだったんですから」

「ごめん、ごめん」

深衣奈は軽く謝ってから、

「でも、そんなに気にすることないって。キスしたって言っても、あれは純粋な事故なんだから、ノーカウントよ」

「はぁ」

数に入らないと言われても、樺恋は今ひとつ納得できないようだ。

「それにさ、もし樺恋のほうが麻郁《まいく》と肉親だったら、それって兄妹《きょうだい》同士のキスってことになるから、いいじゃない」

「そ、そうですよね。兄妹のキスなら……って、それって、かえってアブなくないですか？」

「なに言ってんの。家族同士のキスなんて、アメリカじゃ挨拶《あいさつ》がわりよ」

挨拶がわりと言われて、ようやく少し気が晴れたのか、樺恋の顔に明るさが戻った。しかし、それも束《つか》の間《ま》のことで、彼女はまたしても表情を曇《くも》らせると、

「でも、もし、肉親じゃなかったら……」

「それは……」

深衣奈は、それ以上、その話題に深入りすることを避《さ》けるように、言葉を途切れさせた。バ

スタブの中で向き合うふたりのあいだに、気まずい空気がおりてくる。このままこうしているのも気詰まりだし、きれいに洗った身体《からだ》も、もう充分温まったのでそろそろ出ようかと、樺恋が考えていると、深衣奈が不意に、

「ね、麻郁とのキス、どんな感じだった？」

「えッ……」

衝撃《しょうげき》的な体験の記憶《きおく》を掘り起こすような質問に、樺恋はすでに上気した頬《ほお》を、さらに赤くする。

「よくわかりません。突然だったし、びっくりしたし、気絶しかけてましたから……」

「そっか」

深衣奈は口の中でつぶやくように言うと、樺恋の顔から一旦《いったん》そらしかけた視線を、再び彼女の唇に向けた。そのまま、ゆっくりと樺恋のほうに身を乗り出して、息が掛かりそうになるまで顔を近づける。相手の意図を計りかね、樺恋が初めてソプラノリコーダーの音を耳にした仔犬《こいぬ》みたいに不思議そうな顔をしていると、彼女の小さな唇に深衣奈の唇がそっと押し当てられた。

「――ッ！」

驚愕《きょうがく》の度合いが大きすぎて、気絶することもできずに湯の中で固まってしまった樺恋をその場に残し、深衣奈は素早く立ちあがると、裸身からしずくをしたたらせながら、逃げるようにバスルームを出ていった。

第6章　一人と二人

「……さん……麻郁《まいく》さん、起きてください」

毛布の上から身体《からだ》を揺すぶられ、自室のベッドに身を横たえていた麻郁は目を覚ました。不機嫌そうなうめきを漏らしながら開いた目に、窓から入ってくる月の光を半身に浴びた樺恋《かれん》の姿が映る。

「なんだよ、こんな夜中に」

ベッドの上で身を起こした麻郁が寝ぼけまなこをこすりながら言うと、薄闇《うすやみ》の中、パジャマ姿の樺恋は思い詰めた表情で、

「すみません。でも、もう、わたし、自分が抑えられないんです」

なにを言ってるんだと、怪訝《けげん》な顔の麻郁の見ている前で、樺恋は襟元《えりもと》のリボンをほどき、ネグリジェタイプのパジャマの上を思い切りよく脱いだ。

「お、おい、なにを……」

麻郁がとまどった声をあげる間に、パジャマの下をショーツと一緒におろし、起伏に乏しい

裸身を、ほの白い月明かりにさらす。

「おまッ……なに……する……」

おまえ、なにをするつもりなんだ、と言いたいのだが、驚《おどろ》きのあまり舌が上手《うま》くまわらない。

青みがかった月の光に照らされているせいか、樺恋の肌は陶器のようにすべらかに見え、まるで、この世のものではないようだ。繊細《せんさい》な造りの手が、スッとのび、それが目のやり場に困っている麻郁の肩に掛けられる。

「ちょ、ちょっと待て！　話せばわかる。話せば……」

気が動転して場違いなことを口走る麻郁の唇に、ゆっくりと顔を近づけてきた樺恋の唇が押しつけられた。

「う、うわぁッ！」

自分のあげた悲鳴に夢を破られて、麻郁は、今度こそ本当に目を覚ました。毛布をはねのけて跳び起きたものの、すぐには事態が呑《の》み込《こ》めなくて、なにがどうなったのかわからない。肩を上下させながら、荒い息をついていると、ようやく、さっきの出来事が夢であったことが認識される。

なんつー夢だ……。

麻郁はげっそりした顔で、生え際の汗を手の甲でぬぐった。それにしても、あんな夢を見てしまうとは、昨夜、樺恋とキスしたことが、よほど強く印象に残っているらしい。もちろん、あれは単なる事故で、それ以上の意味はないはずだ。しかし、実質的にあれがファースト・キスだった少年にとって、同い年の少女と唇を重ねてしまった事実は、かなり衝撃《しょうげき》的なこととして、心に刻みつけられてしまったようだ。

カーテンの隙間《すきま》から射《さ》し込む朝の光で、部屋の中は、すでに薄明《うすあか》るくなっている。何時だろうと思って、目覚まし時計を見ると、鳴り出すようセットした時刻まで、あと一〇分もない。これでは寝直すわけにもいかないと、麻郁《まいく》は、まだ鳴りもしていない目覚まし時計のアラームをオフにし、ベッドからおりた。相当、寝汗を掻《か》いたらしく、パジャマ代わりのTシャツが肌に張りつき気持ち悪い。変な夢を見たせいか、妙に身体《からだ》がだるい。一足一足投げ出すようにして階段を一階までおりると、開け放されたダイニングルームの出入り口から、キッチンで水を使っている音が聞こえてきた。すでに朝食の用意がはじまっているらしい。

「おはよう」

と言ってダイニングに足を踏《ふ》み入《い》れると、セーラー服の上からエプロンをつけてキッチンに立っていた樺恋《かれん》が振り向いた。

「おはようございます」

あんな夢を見たあとだけに、麻郁は樺恋の顔をまともに見ることができなくて、決まり悪げに目をそらす。樺恋のほうも、麻郁の顔を見た途端、昨日《きのう》のことを思い出したのか、恥ずかしそうにうつむいた。

「あー、その、なんだ……」

言うべき言葉を探すみたいに、視線を周囲にさまよわせていた麻郁は、深衣奈《みいな》の姿が見えないのに気づくと、話題が見つかったことに、ホッとしたように、

「深衣奈は？」

その問いに、樺恋がドキリとして顔をあげた。彼女は表情をちょっと曇《くも》らせて、

「深衣奈さんは具合が悪いから、今日は学校、お休みするそうです」

「病気か？」

「いえ、病気じゃないんですけど……」

「じゃあ、なんなんだ？」

奥歯に物の挟まったような返答に、麻郁が怪訝《けげん》な顔をする。すると、樺恋は赤飯のように頬《ほお》を赤らめて、

「アレ……なんです」

「アレ？　アレってなんだ？」

「だから、その……アレです」

「はあ？」

さっぱり要領を得ないやり取りに、麻郁が首をかしげた。このままでは、らちがあかないと思ったのか、樺恋は他《ほか》に誰《だれ》がいるわけでもないのに、素早く周囲を見まわしてから、背のびし

て麻郁《まいく》の耳元に唇を寄せる。

こしょこしょこしょ……。

大きな声では言えないことを囁《ささや》いて、樺恋《かれん》が耳から口を離すと、麻郁も彼女と同じように頬《ほお》を赤らめて、

「そ、そうか。アレって、アレか」

「はい、アレです」

「そ、それじゃあ、仕方ないな」

麻郁は深衣奈《みいな》に月に一度のお客さんがきていることを理解すると、気まずい空気が漂いはじめたこの場を逃れるように、入ってきたのとは別の出入り口からダイニングを出ようとした。

顔を洗うため、洗面所に向かうつもりだったのだが、廊下に半歩踏《ふ》み出《だ》したところで、重大なことに気づき、樺恋のほうを振り返る。

「なあ、樺恋。深衣奈が寝込んでるってことは、今日の朝飯、おまえがひとりで作るのか？」

「はい」

樺恋が屈託なくうなずくのを見て、麻郁は元からあまりなかった食欲が、一瞬《いっしゅん》にして消し飛んだ。

「おっはよー！」

晴子《はるこ》が頭の両脇《りょうわき》に大きな花でも咲いているんじゃないかと思わせる能天気な笑顔で教室に入ってきたのは、朝のホームルームには、まだ少し間のある頃合《ころあ》いだった。自分の席に鞄《かばん》を置くと、樺恋の席に集まっておしゃべりしている秋那《あきな》と双葉《ふたば》のところにやってくる。転校してから、まだ日が浅いのに、樺恋と深衣奈は、晴子、秋那、双葉の三人組とすっかり仲よくなっていた。

晴子はその場にいた三人と挨拶《あいさつ》を交わすと、大抵は樺恋とセットになっている深衣奈の顔が見えないのに気づき、

「あれ、深衣奈ちゃんは？」

「深衣奈さんは……」

樺恋がおずおず口を開くと、そこに秋那が横から割り込んでくる。

「アレがひどくて、今日はお休みなんだって」

「アレ？　アレって、なに？」

と晴子が訊《き》くのに、双葉があきれた顔で、

「なにって、女のコの日に決まってるじゃない」

「なに言ってるの。女のコの日は三月三日！　それに、その日は学校、お休みじゃないよ」

自信たっぷりに言い切る晴子に、秋那と双葉は顔を見合わせた。

「いや、だから、あんたにだって、月に一度はくるでしょ、アレが」

と、双葉《ふたば》が苛立《いらだ》たしげに言っても、晴子《はるこ》はまだ、アレがなんなのかわからないようだ。その様子を見て、秋那《あきな》が頭に浮かんだ疑問をおそるおそる口にする。

「晴子、ひょっとして、あんた、まだなの?」

「まだって、なにが?」

「だから、その……」

焦《じ》れた秋那が、ついに、そのものズバリを口にした。しかし、晴子はキョトンとした顔で、

「なに、それ? おいしいの?」

ショックのあまり言葉を失った秋那に代わって、双葉が晴子の耳元に口を寄せ、アレがどういう現象なのかを説明する。すると、晴子はみるみるうちに顔をこわばらせ、

「ええッ! そんなとこから血が出たら死んじゃうよぉ～」

どうやら、晴子は本当に《お赤飯》は、まだのようだ。

樺恋《かれん》たちが変わった生き物を見るような目で晴子を見ていると、彼女は突然、パンと両手を打ち合わせ、

「あーッ、わかったぁ!」

大声に、近くにいた生徒が、何事かと彼女のほうを見る。

「もぉ、また、みんなでからかってぇ～。一瞬《いっしゅん》、本気にしちゃったじゃない。あんなとこから血が出るなんて、あるワケないよぉ～」

晴子はクスクス笑い出すと、ポカンとしている三人に、

「残念だけど、そんなのにだまされるほど、晴子、バカじゃないんだから」

えっへんと胸を張る晴子を、樺恋、秋那、双葉の三人は掛ける言葉もなく見つめていた。

「さて、ここで問題になるのが、このとき、主人公はなにを考えて、あんな行動をとったかということですが……」

教壇《きょうだん》に立つみずほがそこまで授業を進めたとき、樺恋は黒板の字をノートに写す手を止めた。

このとき、主人公はなにを考えて、あんな行動をとったか——。

そうだ……深衣奈《みいな》さんは、あのとき、どうしてあんなことをしたんだろう？

黒板のほうを向いて、シャープペンシルを握った樺恋の脳裏に、昨夜のバスタイムに起きた不可解な出来事が甦《よみがえ》る。まったく予想もしていなかった、突然のキス。それは、ある意味、不運な事故で、偶然、麻郁《まいく》と唇を重ねてしまったのより衝撃《しょうげき》的なことだった。あのキスには、いったい、どんな意図があったのだろう？　ただの気まぐれ？　それとも、悪戯《いたずら》？　単なるアクシデントに過ぎない麻郁とのキスを、必要以上に気に病む自分をからかうため？

バスタブの中で深衣奈に唇を奪われたあと、樺恋は呆然《ぼうぜん》として、しばらくは立ちあがることもできなかった。ようやく我に返ってバスルームを出た彼女が、身体《からだ》にバスタオルを巻いただけの格好で明かりのついているダイニングを覗《のぞ》くと、そこではパジャマを着た深衣奈が涼しい

顔で、アルバイト先の縁川《へりかわ》商店からもらってきた売れ残りのプリンを食べていた。

「先にいただいちゃってるわよ」

樺恋《かれん》に気づくと、深衣奈《みいな》はそう言って、スプーンを口に運んだ。まるで、さっきのことなどなかったような態度だ。もし、自分の唇に、ほんの一瞬《いっしゅん》だったが、深衣奈のそれと触れ合ったときの感触がほのかに残っていなければ、樺恋はのぼせて夢を見たのではないかと思っただろう。そのあとも、深衣奈は唐突なキスについて、まったくなにも言わなかった。舌を出して「ごめん、ごめん」と謝ることもなく、「びっくりした？」と言って笑いもしない。樺恋もなぜか、そのことに触れてはならないような気がして、自分から問《と》い質《ただ》しはしなかった。

あれは……あのキスは、いったい？

いくら考えても、「なぜ」と「どうして」が頭の中を駆《か》けめぐるだけで、答えに近づく手掛かりになるようなものは一向に見えてこない。なにかヒントがあるのではと、前後の状況を思い返してみても、記憶《きおく》の上で繰《く》り返《かえ》されるキスシーンに、改めて頬《ほお》が赤らむだけだ。

「……寺《でら》さん……小野寺《おのでら》さん」

「は、はいッ！」

物思いに耽《ふけ》っていた樺恋は、みずほに何度も名を呼ばれ、ようやく自分が当てられたことに気づき、あわてて立ちあがった。クラスメイトの漏らす忍び笑いにあせりつつ、手にした教科書のページを闇雲《やみくも》に繰る。こんなときに限って、いつもは何ページを読めばいいのか小声で教えてくれる深衣奈もいない。

「あ、あの、あの……」

「授業、聞いてなかったのね」

黒板の前で、みずほが柄にもなく、ちょっと怖《こわ》い顔をしてみせる。

「すみません」

樺恋が素直に謝ると、みずほはすぐに表情を和らげ、

「どうかしたの？　なんだか今日は、いつも以上に、ぼーッとしてるわよ」

まるで、樺恋が普段から、ぼーッとしているかのような、ひどい言いようだ。他《ほか》の人間なら、いささかムッとするところだが、本当に、ぼーッとしていることが多い樺恋は、気を悪くした様子もなく、うつむいてしょんぼりしている。

「ひょっとして、好きな男のコのことでも考えてたの？」

みずほの冗談めかした質問に、樺恋は、パッと顔をあげ、

「ちッ、違います！　わたし、ま……」

麻郁さんのことなんか考えてません——と口走りそうになったのを、樺恋は危ういところで呑《の》み込《こ》んだ。

え？　わたし、今、なんて……。

自分の中で「好きな男のコ」と「麻郁さん」がイコールで結ばれていることに気づいた途端、

樺恋は頭から湯気が立つほど真っ赤になって気を失った。

「つっかれたぁ～」

体操服姿の晴子《はるこ》は女子更衣室に入るなり、言葉とは裏腹に元気いっぱいの声を張りあげた。

「しっかし、今日はキツかったわね」

晴子のあとにつづいて、こちらは本当に疲れ切った様子の秋那《あきな》が言うと、双葉《ふたば》は汗を吸った体操服の胸元をつまみ、それをパタパタさせて風を送り込みながら、

「この暑いのに、持久走なんかやらせないでほしいわよねぇ～」

「はい、もう、くたくたですぅ」

前屈《まえかが》みになり、両手をだらりと垂らした樺恋《かれん》が、今にもその場にくずおれそうな足取りで、更衣室の壁《かべ》に設《しつら》えられた棚の前に行く。それは、銭湯の脱衣《だつい》籠《かご》置き場のように縦横に区切られていて、体操服に着替えた女生徒の脱いだ衣服が置いてあった。更衣室の中は、昼食前の体育という、育ち盛りの高校生にとってはもっともつらい授業から解放された女生徒たちでいっぱいで、甘酸っぱい汗の匂《にお》いが満ちている。樺恋は自分の脱いだ服が置いてある棚の前に立つと、そこからタオルを取って顔の汗をぬぐった。

「ぢゃ、ぢゃーん！」

隣《となり》に立った秋那が突然、ファンファーレの口真似《くちまね》をしたので、なんだろうと思ってそちらを

見ると、彼女はプラスチックのボトルタイプの水筒を手に持って、それを双葉のほうに突き出していた。

「なによ、それ？」

双葉が怪訝《けげん》な顔をすると、秋那はハンドタオルを巻いた上からビニール袋に入れたドリンクボトルを軽く左右に振って、

「麦茶、凍らしてきたんだ。半分ぐらい溶けてて、ちょうど飲み頃《ごろ》よ」

「うわー、用意いいんだ」

秋那はドリンクボトルの蓋《ふた》に挿《さ》されたチューブを咥《くわ》えると、冷たい麦茶を吸いあげた。

「ん～……冷え冷え～」

双葉はゴクリと喉《のど》を鳴らすと、

「ね、わたしにも一口ちょうだい」

「どぉしよっかなぁ……」

「ケチケチしないで。友達じゃない」

「でもさぁ、親しき仲にも礼儀《れいぎ》ありってゆーじゃない。ひとにものを頼《たの》むときは、も少し口のきき方に気をつけたほうがいいんじゃない？」

そう言うと、秋那は双葉の顔の前でボトルを揺らし、中の冷えた麦茶をちゃぽちゃぽ鳴らしてみせた。

「お願いします、お代官様。どうか、一口ぃ～」

「お代官様じゃなく、女王様とお呼び！」

「女王様、わたくしめにお慈悲《じひ》を！」

「うむ、ありがたく飲むがよい」

芝居がかった口調で言うと、秋那《あきな》は双葉《ふたば》にボトルを手渡した。双葉がいそいそとチューブを咥《くわ》えると、体操服を脱ぎ、下着姿で身体《からだ》の汗をぬぐっていた晴子《はるこ》が突然、彼女に指を突きつけて、

「あーッ！」

驚いた双葉が、思わずむせ返る。

「な、なによ、晴子？　いきなり、大きな声出して」

「いいなぁ～、いいなぁ～、わたしにもー」

「ハイハイ」

双葉は濡《ぬ》れた口元を手の甲でぬぐうと、ボトルを晴子に渡す。まるで、ボトルが自分の物であるかのような扱いだが、秋那も太っ腹のところを見せて、それを咎《とが》めはしなかった。晴子は麦茶で喉《のど》の渇きを癒《いや》すと、咥えていたチューブから口を離《はな》して、

「ねぇ、これって間接キスになるのかなぁ？」

「ぶッ！」

秋那と双葉が同時に吹き出した。

「なるわけないでしょ！」

と秋那が言えば、双葉も、

「もし、なったとしても女同士だからいいじゃない」

「そっか」

晴子は双葉の言葉で、素直に納得したようだ。

「そうだよね。お兄ちゃんとだったらイヤだけど、女のコ同士だからいいよね」

「そうよ」

と、うなずきながら秋那は晴子の手からボトルを取り返すと、それを樺恋《かれん》に手渡した。

「ハイ、樺恋ちゃんも」

「ありがとう」

礼を言ってボトルを受け取った瞬間《しゅんかん》、樺恋が、ハッと身体《からだ》を堅くした。秋那は急に固まってしまった彼女に訝《いぶか》しげな目を向けて、

「どうしたの？」

「まさか、樺恋ちゃんも間接キスが気になるの？」

双葉が冗談っぽく訊《き》くと、顔をこわばらせた樺恋の手からボトルが落ちた。

そうか！　そうだったんだ……。

「ちょっと、どうしたの？」

秋那《あきな》があわててボトルを拾いあげ、双葉は面食らった顔で、

「ひょっとして、また気絶？」

樺恋《かれん》は彼女たちの声など耳に入らない様子でその場に突っ立っていたが、突然、身を翻《ひるがえ》すと、体操服のまま更衣室から飛び出した。

「あッ！」

「樺恋ちゃん！」

秋那と双葉《ふたば》の声を振り切って、樺恋は一目散に走ってゆく。

あれは……昨日《きのう》のあれは、間接キスだったんだ！

バスルームでの、深衣奈《みいな》からの突然のキス。あれは、樺恋の唇を奪うためではなく、麻郁《まいく》の唇が触れた唇に自分の唇を触れ合わせるための間接キスだったのだ。

だったら、ひょっとして……。

不吉な予感に苛《さいな》まれ、樺恋は懸命《けんめい》に足を急がせた。校舎を飛び出すと、そのまま足取りをゆるめることなく、開けっ放しの裏門から学校の敷地《しきち》の外に出る。すでに昼休みとはいえ、無許可で学校の外に出るのは、れっきとした校則違反だ。しかし、今の樺恋の頭には、そうしたことへの懸念《けねん》はまったくなかった。さっきの体育の授業で行われた持久走で疲れ切っているはずなのに、照りつける太陽の下、息を弾ませて自分の家へと向かう。

湖岸沿いの舗装路《ほそうろ》を走り、目印になる大木が見えてきた頃《ころ》には、樺恋はもうヘトヘトになっ

ていた。未舗装の坂道を転がるようにおり、なんとか家の前にたどり着くと、玄関の引き戸に手を掛ける。鍵《かぎ》が掛かっていて開かない。何度かチャイムを鳴らしてみたが、中から深衣奈が出てくる気配もない。

樺恋は引き戸の脇《わき》にある郵便受けの蓋《ふた》を開けると、その中に手を突っ込んだ。それの上面の裏側には、玄関のキイがセロテープで貼《は》りつけてある。以前、麻郁から、なにかのときのためにと、そこに合い鍵があることを教えられていたのだ。それを使って玄関の引き戸を開けると、樺恋は靴を脱ぐのももどかしげに家の中にあがった。

「深衣奈さん……」

と声を掛けながら、まずはダイニングを覗《のぞ》く。そこに深衣奈の姿はなかったが、なぜかカレーの匂《にお》いが濃厚《のうこう》に漂っていた。ガスコンロの上にほうろうの大きな鍋《なべ》が載っているのを見つけると、樺恋はガス台の前に立ち、それの蓋《ふた》を開けてみた。案の定、中はカレーで、刺激的なスパイスの匂いが食欲を猛烈に刺激する。空腹の樺恋は生唾《なまつば》を呑《の》み込《こ》んだが、今はそんな場合ではないと思い直して、鍋の蓋を閉めた。今朝《けさ》、家を出るときはこんなものはなかったので、このカレーは自分と麻郁が学校に行っているあいだに深衣奈が作ったものに違いない。深衣奈ひとりの昼食にしては量が多すぎるので、おそらくは今夜の夕食のために用意したものだろう。だが、たとえそうだとしても、家にある中でいちばん大きな鍋いっぱいのカレーは、一回の夕食で食べ切れそうにない。もっとも、カレーは煮込めば煮込むほどおいしくなるので、同じメニューがつづくのを厭《いと》わなければ、量が多いのは、さして問題ではないだろう。ゆうに十皿分はあるので、三人だと、食事の二、三回はこれで賄《まかな》えそうだ。

こんなふうに夕食の用意がしてあるということは、自分のいだいた不吉な予感は杞憂《きゆう》にすぎなかったのだろうか。だとすれば、深衣奈《みいな》は今、どこにいるのだろう。薬を飲んで、調子がよくなったので、カレーを作ったあと、散歩にでも出かけたのか？　そうすると、学校を抜け出して家に戻ってきた自分の行動は、とんだ早とちりということになる。とりあえず、冷たい麦茶でも飲んで気を落ち着けようと、樺恋《かれん》は冷蔵庫を開けた。

あれ……？

冷蔵庫の中には、今朝《けさ》、見たときにはなかった深皿やプラスチックの密閉容器が所狭しと押し込まれている。それらには、いずれも、筑前煮やきんぴらごぼうといった手作りの惣菜が入っていた。鍋いっぱいのカレーに、日持ちのするたくさんの惣菜《そうざい》。これだけあれば、ここ何日かは食事のおかずに困ることはないだろう。そう思った瞬間《しゅんかん》、樺恋は自分の胸に湧《わ》いた不安が取り越し苦労なんかではないことに思い至った。乱暴に冷蔵庫を閉めると、ダイニングから飛び出し、二階に駆けあがる。自分たちが使っている部屋に入ると、今朝、深衣奈が身を横たえていた寝床はすっかり片づけられていた。そして、いつも部屋の隅に置いてある深衣奈のスポーツバッグも見当たらない。

やはり、そうだ。間違いない。深衣奈は、この家を出て行ったのだ。もう、二度と戻ってこないつもりで——。

カレーや惣菜は、残してゆくふたりがしばらくは食事に不自由しないようにと、置き土産《みやげ》のつもりで作ったのだろう。もちろん、起きあがれないほど生理痛がひどいというのも、学校を休むための嘘《うそ》だ。

階段を駆けおりた樺恋は玄関の鍵《かぎ》を閉めるのも忘れて家を飛び出すと、最寄りの駅へと走りはじめた。もしかすると、深衣奈はとっくにこの地を離《はな》れ、もう間に合わないかもしれないという危惧《きぐ》が頭をよぎる。だが、鍋《なべ》のカレーがほのかに温かかったことを考えると、あれを作ってから、まだ、あまり間がないはずだ。だとすると、深衣奈が家を出てから、そんなに時間が経《た》っていないことになる。それに、あれだけの惣菜を作るには、樺恋と麻郁《まいく》が家を出てからすぐに取りかかったとしても、昼近くまでかかったに違いない。それなら、まだ間に合うかもしれない。きっと、間に合うはずだ。絶対、間に合ってほしい……。

家を出た樺恋が最寄りの駅を目指したのは、車を使わずに、交通の不便なこの町から遠く離れるつもりなら、まずはそこに行くしかないからだ。単線のローカル線は列車の本数が少ないので、うまくいけば、そこで深衣奈を捕まえることができるかもしれない。そのためにも、一刻も早くと思うのだが、少し走っただけで、早くも息があがってきた。元々運動音痴なうえに、体育の授業で散々走らされたあとだけに、これは無理もない。普段の樺恋なら、ここで地面にへたり込んでしまうところだろう。だが、今は場合が場合だ。汗まみれになりながら、重たい足をなんとか前に出す。そんな樺恋《かれん》に同情したのか、それまで照りつけていた太陽が不意に雲に隠れた。これで少しは涼しくなったと、ホッとしたのも束《つか》の間《ま》、もっと涼しくしてやろうと言うかのように、空を覆《おお》った黒雲から雨粒が落ちてきた。見る間に雨足が強くなり、さながら、少し早めの夕立という様相になる。その中を、樺恋は雨宿りもせずに走りつづけた。あっと言う間にずぶ濡《ぬ》れになり、肌に張りついた体操服が、その下のスポーツブラを透かし見せる。

何度も転びそうになりながら、もつれる足を必死に動かしていると、雨のカーテンの向こうに、目指す無人駅が見えてきた。雨でスパッツの下のショーツまでぐしょ濡れになった樺恋は駅舎に駆け込むと、中の様子を見もせずに、

「深衣奈《みいな》さん！」

その声で、待合室のベンチに所在なげに座っていた深衣奈が顔をあげた。ノースリーブのシヤツにキュロットパンツというでたちで、足元には荷物を詰め込んだスポーツバッグが置いてある。やはり、樺恋の推測に間違いはなく、彼女は誰《だれ》にも言わずに、この町を出ていくつもりだったようだ。

「樺恋……」

まさか、樺恋が追ってくるとは思ってもみなかったのだろう。体操服姿で濡《ぬ》れ鼠《ねずみ》になった彼女を前に、深衣奈は目をまるくして、すぐには言葉がつづかないようだ。

「どうして……どうして、こんな……」

樺恋は何度も唾《つば》を呑《の》み込《こ》みながら、ようやくそれだけ言うと、深衣奈の足元にへたり込む。

「ちょっと、大丈夫？」

深衣奈はあわてて樺恋に手を貸し、自分の隣《となり》に座らせた。

「バカねぇ、傘もささないで。カゼひいたらどうすんの？」

「そんなことは、どうでもいいんです！」

いつになく強い口調で言うと、樺恋は濡れてボリュームを減じた前髪からしずくを垂らしながら、

「それより、どうしてなんですか？　深衣奈さん……」

「………」

深衣奈は樺恋の視線から逃れるように、黙《だま》ったまま顔を伏せた。

「ちゃんと答えてください！」

「もう、嫌になったの……こんな宙ぶらりんな状態」

深衣奈はうつむいたままポツリとつぶやくと、それにつづけて、

「麻郁《まいく》とは肉親かもしれないし、そうじゃないかもしれない。もし、血がつながってないってわかったら、あの家から出てかなきゃならない。いつ、それがわかるのか……そして、わたしのほうが肉親じゃないってわかって、あそこから出ていくことになったらって思うと、毎日、落ち着かなくて。それなら、いっそのこと自分のほうから出ていったほうがさっぱりするかな

って……」

「嘘《うそ》です」

深衣奈《みいな》の言葉を遮って、樺恋《かれん》はきっぱりと言い切った。

「ほんとは、その逆なんでしょ？　深衣奈さん、自分が麻郁《まいく》さんと肉親だとわかるのが怖《こわ》くて逃げ出したんじゃないですか？」

「なに言ってるの。どうして……」

樺恋は深衣奈の抗議を無視して、

「深衣奈さん、昨日《きのう》、わたしにキスしましたよね。わたし、今日になって、やっと気づいたんです。あれって、間接キスなんでしょ？　あのキスは、わたしにしたんじゃなくて、わたしの唇に触れた、麻郁さんの唇にしたつもりなんでしょ？」

深衣奈は黙《だま》って聞きながら、誘惑に抗しきれなかった自分の唇を懲《こ》らしめるように、そこにきつく歯を立てていた。

「もし、麻郁さんと肉親だとわかったら、あの家にはいられるけど、恋はできない——そうなるのが怖くて、深衣奈さんは逃げ出したんじゃ……」

「うるさいッ！」

深衣奈は樺恋が身をすくめるほど、大きく鋭《するど》い声で叫んだ。

「確かに、そうよ。わたし、麻郁のことが好き。いつからかはわからないけど、アイツのこと好きになってた。それなのに、ずっと気づかないふりして……だって、麻郁とは血がつながってるかもしれないから、兄妹《きょうだい》かもしれないから……そう思って、ずっと……ずっと……」

深くうなだれた深衣奈の目から涙があふれた。彼女は声を詰まらせながら、

「でも、昨日、樺恋と麻郁がキスするとこ見たら、どうにも抑えられなくなって……嫉妬《しっと》、したんだと思う。すっごく羨《うらや》ましくて、事故でもいいから、あんなふうに麻郁とキスできたらって思っちゃって……そしたら……そしたら、好きっていう気持ちがあふれてきて……」

昨日、樺恋と麻郁のキスシーンを見てから、深衣奈は妙にハイテンションで、ずっとしゃべりどおしだった。それはきっと、自分の本当の気持ちに気づいてしまったのをごまかすためだったのだろう。

「深衣奈さん……」

樺恋がなにか言葉を掛けようとすると、深衣奈は不意に顔をあげ、彼女のほうを涙の溜《た》まった目で、キッとにらんだ。

「樺恋は、どうなのよ？　樺恋だって、麻郁のこと好きなんじゃないの？」

「はい、好きです」

あまりにもあっさりと肯定されて、深衣奈は虚を突かれた表情になる。

「だったら……だったら、樺恋は怖《こわ》くないの？　もし、麻郁と自分が肉親だってことがわかったら……」

「そうですね……もし、そうだったら、結構、ショックだと思います」

樺恋《かれん》は、いったん視線を足元に落としたが、すぐに顔をあげて、

「でも、そうじゃないかもしれない。だから、どっちかハッキリわかるまで、わたし、麻郁《まいく》さんのことを好きでいようと思うんです。悩んだり、あきらめたりするのって、結果がわかってからでもいいかなって」

「強いのね、樺恋」

深衣奈《みいな》が樺恋の顔をまじまじと見て言う。すると、樺恋は照れたように、

「そんな、強いだなんて……ぼんやりしてて、ニブイだけですよぉ」

「確かに、そうかも」

「あッ、ひっどぉーい！」

樺恋が、ぷぅッと頬《ほお》を膨《ふく》らませると、深衣奈は涙で潤《うる》んだ目のまま微笑《ほほえ》んだ。それで、場の雰囲気は一気に和んだが、樺恋はそこで、ふと真顔に戻り、

「戻ってきてくれますよね？」

「うん」

深衣奈は笑った拍子に目からこぼれた涙を指先でぬぐいながら、小さくうなずいた。それから、少しはにかんだような笑みを浮かべ、

「……てゆーか、まだ、どこにも行ってないし」

「あ、よく考えたら、そうですね」

と言って、樺恋が屈託なく笑う。深衣奈は自分の涙で濡《ぬ》れた指先を、キュロットパンツの裾《すそ》にこすりつけながら、

「ね、樺恋。どうして、わたしを追いかけてきてくれたの？」

「え、だって……」

樺恋が、そんなことを訊《き》かれるとは思ってもみなかったという顔をする。

「わたし、麻郁さんと一緒にいたいのと同じぐらい、深衣奈さんとも一緒にいたいんです。だから……」

と言ってから、樺恋はあわてて、

「あッ、でも、誤解しないでくださいね。これは、麻郁さんが勘違いしてたような意味じゃなくて……」

「わかってるって」

深衣奈は小さく吹き出すと、ベンチから勢いよく立ちあがった。足元に置いていたスポーツバッグを持ちあげると、

「それじゃあ、そろそろ帰りましょうか」

「はい」

元気よく答えて、樺恋も立ちあがる。深衣奈は、来る途中で川にでも落ちたような樺恋の姿

を改めて見て、

「帰ったら、すぐにお風呂《ふろ》入らなくちゃね」

「だったら、深衣奈《みいな》さんも一緒に入りましょう」

「そうね。傘持ってないから、どうせ、わたしも家に着くまでに濡《ぬ》れちゃうし」

深衣奈はそう言って駅舎を出たが、いつの間にか雨はやんでいて、空はさっきまで黒雲に覆《おお》われていたのが嘘《うそ》のように晴れあがっていた。どうやら、ほんの通り雨だったようだ。

「あら、晴れてる」

「うぅ、なんか損した気分ですぅ」

あとから出てきた樺恋《かれん》が、空を見あげて、情けない顔をする。深衣奈は先に立って歩き出しながら、

「日頃《ひごろ》の行いってヤツね」

「わたし、バチが当たるようなことなんてしてませんよ〜」

「でも、学校抜け出して、午後の授業サボッてるじゃない」

「それなら、深衣奈さんはズル休みじゃないですか」

強い風が吹いたら掻《か》き消《け》されてしまいそうな、ぼんやりとした虹《にじ》がかかった空の下、ふたりはあちこちにできた水溜《た》まりをよけながら家路をたどる。やがて、雨に洗われたせいか、いつもより緑が濃《こ》くなったように感じられる目印の木が見えてきたところで、樺恋がウキウキと、

「深衣奈《みいな》さん、わたし、いいこと思いついちゃいました」

「なぁに？　いいことって」

「わたしたち、同盟しましょう」

「は？　ドーメイ？」

「はい。わたしは麻郁《まいく》さんが好きで、深衣奈さんもおんなじひとが好き。つまり、これって、三角関係ってことですよね」

「まあ、そうなるわね」

いきなり、三角関係とか言われても、深衣奈は今ひとつピンとこないようだ。

「普通だったら、わたしたちはライバルってことになるんでしょうけど、わたしは深衣奈さんも好きなんです。だから、ケンカなんかしたくありません」

「そりゃあ、わたしだってそうよ」

深衣奈がそう言うと、樺恋《かれん》は我が意を得たりと、

「そうですよね！　だから、同盟するんです。わたしと深衣奈さんの恋愛同盟！」

「わたしと樺恋の恋愛同盟か……悪くないわね」

「それじゃあ、これで成立ですね」

「ええ」

と、深衣奈はうなずいてから、

「それで、その同盟の規約とかはどうするの？」

「規約、ですか……」

「そう。一応、同盟なんだから、きまりってゆーか、約束事ってゆーか、そのへん決めとかないと」

「えーっと、それはですねぇ……」

同盟しましょうと、ぶちあげたクセに、樺恋は肝心の中身については、なにも考えてなかったようだ。泥縄《どろなわ》式に考えを巡らせているうちに、ふたりは玄関の前にきてしまう。樺恋は鍵《かぎ》の掛かっていない引き戸に手を掛けると、

「とりあえず、お風呂《ふろ》に入って、ふたりで考えましょう」

なんとも樺恋らしい返答に、深衣奈がたまらず笑い出す。

「な、なんです？　わたし、なんか変なこと言いました？」

「ううん」

深衣奈は笑いながら首を横に振り、

「それで、オーケーよ」

こうして、小野寺《おのでら》樺恋と宮藤《みやふじ》深衣奈の恋愛同盟が成立した。

つづきは第二巻で――

解説　その1

黒田洋介《くろだようすけ》（Please!）

「おねがい☆ツインズ」の前作に当たる「おねがい☆ティーチャー」のノベライズを雑破業《ざっぱごう》氏に強引にも依頼し、幸運にも引き受けてもらい、いい作品に仕上げていただき、売り上げ的にも満足しうる結果となり、アニメーション・スタッフと一緒に打ち上げ旅行に行ったり、長野へ一緒にロケハンをしたりしてたものですから、ツインズのノベライズも雑破氏におねがいしたいというのが黒田の希望であり、欲求でもありました。

ツインズのノベライズも雑破氏に快く引き受けてくださり、光栄に感じております。

ですが、ツインズのノベライズの依頼は、黒田にとってチャレンジでもありました。

どちらかが肉親で、どちらかが他人……そんな曖昧《あいまい》な立場に置かれて悩む少年少女たちの物語は、状況次第でドラマがガラリと変わってしまう。ドラマ重視の作品は、男女間のシチュエーションをこれでもかというくらいに魅せてくれる雑破氏の作風に合わないのではないか……そういう危惧《きぐ》感があったのです。

実際、予定よりも執筆状況が遅れているという電話などを本人から受けていると「ヤベェ」

なんていう単語が黒田の頭の中を過《よ》ぎったものです。

ですが、杞憂《きゆう》でした。

まったくもって杞憂でした。

類は友を呼ぶと、よく言いますが。

そうであるならば、黒田はわかっていたはずなのです。

雑破氏の中にある少女漫画指数の高さを。

何度もお会いして感じるのですが、雑破氏は、己の中にある欲求とプロフェッショナリズムのバランスを、とても美しく成立させる方です。ゆえに、私の余計な心配は本当に杞憂で、雑破氏は、ツインズのノベライズを描《えが》くにあたって、自らが持つファンを満足させつつ、ツインズの本質を的確に突く作品を書き上げてくれたのです。

さて、話は前後しますが、雑破氏が書かれた「おねがい☆ティーチャー」のノベライズは、ティーチャーのアニメ終了後に執筆を依頼したのですが、今回の「おねがい☆ツインズ」にかんしては、企画段階から執筆していただけることが決まっていました。

ティーチャーは、ある意味、ティーチャーのアニメが好きになっていただけた方を前提に小説を執筆されてますが、ツインズは違います。

雑破業による「おねがい☆ツインズ」の世界観の構築……うーん、違うかな……ティーチャーの解説でも書いた通り、雑破氏はもうＰｌｅａｓｅ！なんですよね。

Please!である雑破氏《ざっぱ》が、アニメ・バージョンとは別に描《えが》いた物語、「おねがい☆ツインズ」ノベライズ・バージョンです。

ここまで書いてきて、ノベライズという単語を並べていることが恥ずかしくなりました。

これは、雑破業《ごう》のオリジナル作品です。

だって。

読んでて、2回泣いちゃったもの。

どこの件《くだり》とは言いません。読んで確かめてください。

第二巻は、雑破業の独壇場《どくだんじょう》になるでしょう。

そんなことは、わかりきっているのです。

だから、早く読みたい。

つーか、早く読ませて。

おねがい☆雑破さん！（さりげない原稿の催促）

解説　その2

倉田《くらた》英之《ひでゆき》

どうして私は、ここにいるんでしょう？

雑破さんファンの皆様、『おねがい☆ツインズ』ファンの皆様、こんにちは。倉田英之と申します。マンガの原作とかアニメの脚本とか小説とか書いてる者です。ま、ぶっちゃけて言えば『おねツイ』とはまったく無関係の者です。ていうか『おねツイ』の脚本家、黒田《くろだ》洋介《ようすけ》氏が同じ会社の上司であることやキャラ原案の羽音《うおん》たらく氏が私が参加しているアニメ『R.O.D』でも同じくキャラ原案であることや両作DVD一巻の発売日が妙に近いことから考えると、むしろ敵であると言えます！

そんな敵である私がエネミー・ラインを通り越し、こんな敵地のド真ん中に立つきっかけになったのは、前述した黒田氏から届いた一本の電話。

「雑破さんさぁ、一巻の解説、君と俺《おれ》に書いてほしいんだって。どうする？」

「はぁ？　なんで私に？」

「『ツインズ』だから一冊に二人ずつ、解説を頼みたいんだって。で一巻が君と俺」

いやだからなんで私なのか全然わかりませんが!?

「どうする?」

「はぁ。書きます」

これで引き受ける私も私ですが。

しかしアニメスタッフ間で〝蛇の舌〟と呼ばれた私です、思惑《おもわく》ナシに引き受けたわけではありません! 考えてみればこれは既に大ヒット間違いナシと太鼓判《たいこばん》が押されている『おねツイ』陣営に潜り込む絶好のチャンスではありませんか! 解説文で悪口と罵詈雑言《ばりぞうごん》とネタバラシと妬《ねた》み僻《ひが》み嫉《そね》みを並べ立て、さらに『R.O.D』を大宣伝して『おねツイ』イメージダウン&『R.O.D』イメージアップを図るのだ! イイネソレ! というワケで原稿のデータをもらい、今読み終わったトコなのです。その感想は……。

いかん、オモシロい!

私ちょっと今ウカレております! BGMのCDも小沢健二《おざわけんじ》とかにしちゃいました! (ちなみに普段はマリリン・マンソンとレイジアゲインストザマシーンです)王道でありながら時折意表をつかれるセリフ回しについニヤけてしまいました! おおっ、自分の中にまだこんなラヴコメ魂が残っていたとは!

今思い出してみれば、私が雑破《ざっぱ》さんの文章に触れたのはもう一〇年前。『アリスの城』というソレ系の雑誌に載った『Dear, my milky cat』という短編小説。その名の通り、ミルクをまぶしたように甘く、それでいて業《ごう》が深く、さらに丁寧に磨きあげられた文体に一読でメロメロ。

「文章からこんなに衝撃を受けたのは、ウェルズの『宇宙戦争』と筒井康隆《つついやすたか》の『俗物図鑑』と鮫肌文殊《さめはだもんじゅ》の『海豚《いるか》のくさったの』と北公二《きたこうじ》の『光GENJIへ……』以来だ！」

アレから一〇年。雑破さんはより甘く、より深く、より磨かれた文才でマタシテも私に衝撃を与えてくれました。こんなにオモシロかったのは、最近では浅草《あさくさ》キッドの『お笑い・男の星座2』以来です！（いや、昨日読んだんですが）ちょっと落ち着いてきたのでCDは岡村靖幸《おかむらやすゆき》ちゃんに替えましょう。

でも素直にそれを認めて本書を褒《ほ》め称《たた》えるのは悔しいので、購読前に解説から読み始めて買おうかどうか迷ってる人（多いんだよ本好きには）には、ワザと一行空けてこう書いときましょう。


あんた、買おうかどうか迷ってる？　まあ、悪くはないよ。

◉雑破　業著作リスト

「おねがい☆ティーチャー　みずほと桂のMilky Diary」（電撃文庫）

本書に対するご意見、ご感想をお寄せください。

■
あて先

〒101-8305 東京都千代田区神田駿河台1-8 東京YWCA会館
メディアワークス電撃文庫編集部
「雑破 業先生」係
「羽音たらく先生」係
「合田浩章先生」係
■

電撃文庫

おねがい☆ツインズ①

一人《ひとり》と二人《ふたり》

雑破《ざっぱ》 業《ごう》

発　行　二〇〇三年十一月二十五日　初版発行

発行者　佐藤辰男

発行所　株式会社メディアワークス
〒一〇一-八三〇五 東京都千代田区神田駿河台一-八
東京ＹＷＣＡ会館
電話〇三-五二八一-五二〇七（編集）

発売元　株式会社角川書店
〒一〇二-八一七七 東京都千代田区富士見二-十三-三
電話〇三-三二三八-八六〇五（営業）

装丁者　荻窪裕司（META＋MANIERA）

印刷・製本　あかつきＢＰ株式会社

落丁・乱丁本はお取り替えいたします。
定価はカバーに表示してあります。

ISBN4-8402-2518-4 C0193

電撃文庫創刊に際して

文庫は、我が国にとどまらず、世界の書籍の流れのなかで〝小さな巨人〟としての地位を築いてきた。古今東西の名著を、廉価で手に入りやすい形で提供してきたからこそ、人は文庫を自分の師として、また青春の想い出として、語りついできたのである。

その源を、文化的にはドイツのレクラム文庫に求めるにせよ、規模の上でイギリスのペンギンブックスに求めるにせよ、いま文庫は知識人の層の多様化に従って、ますますその意義を大きくしていると言ってよい。

文庫出版の意味するものは、激動の現代のみならず将来にわたって、大きくなることはあっても、小さくなることはないだろう。

「電撃文庫」は、そのように多様化した対象に応え、歴史に耐えうる作品を収録するのはもちろん、新しい世紀を迎えるにあたって、既成の枠をこえる新鮮で強烈なアイ・オープナーたりたい。

その特異さ故に、この存在は、かつて文庫がはじめて出版世界に登場したときと、同じ戸惑いを読書人に与えるかもしれない。

しかし、〈Changing Time, Changing Publishing〉時代は変わって、出版も変わる。時を重ねるなかで、精神の糧として、心の一隅を占めるものとして、次なる文化の担い手の若者たちに確かな評価を得られると信じて、ここに「電撃文庫」を出版する。

1993年6月10日
角川歴彦

電撃文庫

Hyper Hybrid Organization 01-01 運命の日

高畑京一郎
イラスト／相川 有

ISBN4－8402－1710－6

幸せな二人を襲った突然の出来事……。その時から山口貴久の、長く孤独な戦いが始まった。人気作家高畑京一郎が初めて挑む、長編シリーズ第1弾!!

た-5-6 0512

Hyper Hybrid Organization 01-02 突破

高畑京一郎
イラスト／相川 有

ISBN4－8402－2028－X

奴への復讐を果たすため、自らの身を悪の組織へと投じた山口貴久。組織の歯車にさえなり得ぬ貴久を待ち受ける試練とは? 高畑京一郎期待のシリーズ第2弾!!

た-5-7 0615

Hyper Hybrid Organization 01-03 通過儀礼

高畑京一郎
イラスト／相川 有

ISBN4－8402－2414－5

悪の組織ユニコーンの一員として、その作戦に参加した山口貴久。銃を手にする敵と対峙したその時、果たして貴久は……!? 高畑京一郎が描く男たちのドラマ。

た-5-8 0819

シックス・ボルト

神野オキナ
イラスト／緒方剛志

ISBN4－8402－1993－1

異星人からの一方的な宣告を受け、地球の存亡を賭けて戦うことになったのは、17歳の高校生達だった……。神野オキナ×緒方剛志で贈る第1作。

か-9-1 0630

シックス・ボルトⅡ

神野オキナ
イラスト／緒方剛志

ISBN4－8402－2516－8

正体不明の敵〈権利者〉との「絶滅戦争」で、〈聖痕者〉として覚醒した真氷見。だが彼を待っていたのは、上層部の過酷な要求と、敵に再生された恋人・氷香だった…。

か-9-2 0865

電撃文庫

i.d.I 神使いたちの長い放課後
三雲岳斗
イラスト／宮村和生
ISBN4－8402－2379－3

平穏な高校でおきた猟奇殺人事件。封鎖された学校に閉じ込められた生徒たち。そして謎のビラには〝切り裂く者〟の文字が……。三雲岳斗待望の新シリーズ!!

み-3-11　0791

学校を出よう！ Escape from The School
谷川 流
イラスト／蒼魚真青
ISBN4－8402－2355－6

超能力者ばかりが押し込まれた山奥の学校。ここに超能力など持ってないはずの僕がいるのは、すぐ隣に浮かんでいる妹の〝幽霊〟のせいであるわけで――！

た-17-1　0784

学校を出よう！② I-My-Me
谷川 流
イラスト／蒼魚真青
ISBN4－8402－2433－1

突然、往来に血まみれの果物ナイフを持って立っていた神田健一郎。慌てて逃げ込んだ自分の部屋にはもう一人自分がいてそいつもやっぱり驚いて……！

た-17-2　0825

学校を出よう！③ The Laughing Bootleg
谷川 流
イラスト／蒼魚真青
ISBN4－8402－2486－2

第三EMP学園女子寮で一人の少女が消えた。ただ消えたのではなく、密室で煙の如く消えうせたのだ!!　その事件の謎に関ることになった光明寺茉衣子は……。

た-17-3　0848

正しい怪異の祓い方 結びの七つ穴の紐
スズキヒサシ
イラスト／壱
ISBN4－8402－2497－8

家出の義姉を捜す僕が会ったのは顔はいいけど性格最悪な絹糸っていう奴。だって彼女は呪われてるなんて言うし……。気鋭の新人が描くミステリアスファンタジー。

す-6-1　0859